Ensuite, avenue d'Auteuil

Matthieu Garrigou-Lagrange

Ensuite, avenue d'Auteuil

ROMAN

Albin Michel

« J'ai-faim-j'ai froid-j'ai-sommeil-et-je-m'ennuie. »

François NOURISSIER, *Roman volé*

« Olivier marcha de long en large dans sa chambre, oubliant seulement de se regarder dans la glace, ce qui est pourtant le témoignage de la sincérité chez les adolescents. »

Roger NIMIER, *Les Enfants tristes*

Thomas

Je ne vous dis pas où je suis. En face de moi, la Seine et la nuit. À gauche, la tour Eiffel m'éclaire par intermittence. C'est le toit d'un immeuble, ça je peux vous le dire, un immeuble assez haut, en forme de château fort. J'attends que la pluie s'arrête, car il est faux de dire que les gouttes indiffèrent les malheureux, qu'ils sont tellement plongés dans leur tristesse que grelotter ne les dérange plus, que le rhume, la bronchite qui s'annonce ne leur fait plus ni chaud ni froid, elle leur fait froid, comme à tout le monde. J'ai pris ce carnet en carton où je rédige mes mémoires. Il y a aussi quelques dessins. Je l'ai collé contre moi avant de monter sur le transformateur en bas de la grande antenne. Là, sur la pointe d'un pied, je me penche par-dessus le rebord du toit pour voir la grosse horloge à l'envers. Quatre chiffres rouges. Le courant qui les éclaire grésille de temps à autre et une machine bourdonne sous mes pieds. J'attends qu'une nouvelle minute passe pour faire varier le dessin de l'heure. C'est très beau, comme chaque fois, je me réchauffe les mains dans le vide en les approchant des lumières.

Il est vingt-trois heures quarante. Debout sur le parapet, je regarde en bas, il y a encore des fenêtres éclairées. J'avance doucement, en faisant attention de ne pas tomber, mais ça pourrait bien arriver quand même : passé dix ou onze étages, le vent devient capricieux. Je fais quelques mètres étranges et éprouvants, un pas après l'autre, à la fin je m'assois. Dans le vide, mes chaussures cognent le placage en aluminium.

Je m'appelle Thomas. J'ai quatorze ans, ce qui est assez jeune. Quatorze années, ce n'est pas beaucoup, ni même quinze d'ailleurs, ça c'est pour dans dix minutes. Mais j'en ai quand même marre. Je suis crevé. Et puis j'ai bien réfléchi : cette fois, c'est clair, ma vie est foutue. Vous trouvez que j'en rajoute ? C'est vrai que, si on regarde vite fait, j'ai pas mal de chance. En classe, je ne suis pas mauvais, les profs m'observent avec un air peiné et indulgent, ils se disent, le pauvre petit, c'est quand même pas de chance. Mais enfin la laideur, la vraie grosse laideur n'a jamais empêché de réussir, il aura un bon travail, c'est un garçon intelligent. Bref, tout va bien, qu'il ne nous emmerde pas avec ses histoires d'ego, de bec-de-lièvre et de peau grasse. « Tout de même, quand on connaît son frère ! Un véritable petit ange, celui-là. Et blond encore. » Bande de cons.

Je ne ressemble pas à mon frère Alban. C'est un mec cool, tout le monde le dit. Moi, je ne sais pas comment on fait. On me laisse pas jouer à ça. En fait voilà : c'est comme si on était tous autour d'une grande table de bridge et qu'on regardait nos cartes. Dans mon jeu, je peux vous dire que la reine de cœur et l'as de carreau, ils se sont fait la malle ailleurs. Par contre, le deux de trèfle, genre, je l'ai en double. Entre deux parties, la dame de cœur se barre à la cuisine embrasser l'as de carreau. Qu'ils s'aiment beaucoup ou fassent semblant, je m'en fous : ils sont déjà au deuxième round. Moi, on m'a oublié sur la liste des candidats à l'amour. Tout va s'arranger, bien sûr. Ce sera un peu brutal mais ça va s'arranger. Je ne ferai pas le mort un tour de plus. Enfin, en théorie.

La pluie a ralenti jusqu'à s'arrêter complètement. J'ai sorti mon carnet en croisant les jambes et j'ai commencé à dessiner la vue, quelque chose d'un peu figuratif et d'un peu abstrait comme Paris. Un truc moche, quoi. Cette ville que je trouve super belle est devenue laide à cause de moi. En champion d'alchimie qui s'est trompé dans la formule, je fais du plomb avec de l'or et de Paris un bidonville ; c'est pas encore cette nuit que je comprendrai la physique. Ni le dessin, visiblement : j'arrache la feuille du carnet et fabrique un avion en papier. Je le lance, il fait un assez beau vol. Puis je recommence mon dessin sans m'apercevoir qu'il est déjà minuit et que j'ai quinze ans, mais je m'y attendais.

Sur ce nouveau croquis, la tour Eiffel est bancale et a des pieds comme des péniches. Alors j'essaie de rattraper le coup en la baignant dans la Seine. Je me dis que, comme ça, on croira peut-être que c'était fait exprès, ces pieds en forme de bateau. Quand j'ai fini, je le regarde dans tous les sens mais non, ça ne va pas. Petit avion en papier, le deuxième. Je tire la langue, j'accuse les plis, me lève et marche jusqu'à l'angle du toit. Une seconde, j'ai le vertige mais tâche de ne pas y penser. Demi-tour, je me mets à courir sur l'arête, assez lentement d'abord puis de plus en plus vite, sans regarder mes pieds qui claquent sur la tôle humide. Dix enjambées, dix mètres encore et je continue, les yeux mi-clos pour prendre de l'assurance et les protéger du vent. Tout droit. Je tourne la tête et vois, qui courent aussi mais dans l'autre sens, les fenêtres éclairées en bas. J'accélère encore, bientôt nous y sommes et tout à coup : stop. Je me fige et l'avion décolle. Poséidon, Cupidon, moi peut-être, tout se glace dans cette posture. Mais, pris par l'élan, je pivote sur moi-même, tellement que je ne vois pas l'avion s'envoler, que je me sens juste m'emmêler les pieds et tomber par terre. Un dernier réflexe pour tourner la tête vers le Champ-de-Mars : l'avion est bien parti, brave petit, il fait sa vie mais me laisse seul sur les plaques de goudron.

Je me relève et puis, qu'est-ce qu'il lui prend ? L'avion pique du nez, ne traverse même pas la Seine. Échec de l'expédition et parachutage en plein vol. Saletés de vents contraires ! Je pense distraitement à l'équipage qui barbote près de la statue de la Liberté. Les mains en porte-voix, je me mets à hurler : « Vous inquiétez pas, c'est New York ici ! Bravo les gars ! Vous avez réussi ! », pour qu'ils meurent dans la gloire.

Mais je ne suis pas fier de mentir à mes hommes. Le cœur soulevé par un hoquet, j'abandonne tout le monde à son sort et retourne m'asseoir.

Souvent, comme aujourd'hui, je monte en haut de cette tour comme d'autres s'enfoncent dans un lit, et je récite pour moi-même quelques phrases apprises par cœur. Là, en été, je me couche dans le creux de l'antenne satellite et je m'endors en rêvant à Astrid, mais je parlerai d'elle plus tard. Sur le coup de midi, à l'heure des informations, Serge le technicien vient me réveiller pour me faire descendre de là, libérer le faisceau, pour que, à Abidjan ou Sydney, on puisse informer tranquille. Tout le matin il y a eu moi, petit soldat endormi au soleil, qui crois qu'en pensant fort à Astrid, la tête juste sous le faisceau, la France entière saura pour elle et moi, c'est-à-dire pour moi seulement.

Ensuite, Serge m'emmène jusqu'à son bureau, au onzième, dans cette tour centrale de la Maison de la radio. C'est bien ici qu'on se trouve, mais vous aviez compris. D'abord, il faut ouvrir plusieurs portes et longer des linéaires d'archives. D'un bout à l'autre des étagères en fer, on prend une belle leçon de perspective. Dans son bureau, il me donne un demi-sandwich, la moitié du sien. En général il me fait comprendre qu'ils ont appelé, à Inter. Ils ont failli louper le direct depuis le Japon à cause de moi. Mais il ment, il dit ça pour m'emmerder. Rien ne s'est passé au Japon, je le sais, le correspondant est malade.

Ce soir, cette nuit, Serge n'est pas là, il est rentré chez lui. Dans le bâtiment, je suis seul avec les vigiles, c'est-à-dire bien seul. Je suis entré par les sous-sols de la chaufferie, j'avais un peu envie de pleurer. Décidément, c'est une mauvaise habitude dont on ne se défait pas facilement. Dans ces cas-là, je monte là-haut, l'antenne est comme mon arbre, je suis un berger qui garde les voitures sur l'avenue Kennedy. De vrais moutons : elles se suivent à la queue leu leu. Mon chien à moi porte un costume sombre et donne des coups de sifflet, mais comme il est couché à cette heure, certains moutons grillent les feux rouges.

Vraiment, une sale journée aujourd'hui. Ce matin, je me lève, tranquille. Je fais différents trucs, me brosse les dents, finis les céréales.

Ensuite, j'arrive au lycée et me colle dans un groupe. À un moment, je dis :

– Vous savez quoi ? C'est mon anniversaire aujourd'hui.

C'est là que Romain répond :

– Et alors, pauvre con ?

Tout le monde est mort de rire. Au moment où il dit ça, il doit bien être dans les neuf heures, ce n'est que le début de cette journée. Je m'éloigne de ces connards pour téléphoner à Alban, mon grand frère. Je tombe sur sa messagerie et lui demande de me rappeler. Il doit être avec une fille si je me souviens bien. Ensuite, je retourne en cours. Histoire. C'est bien. Je dessine sur la table un truc sans conséquence, et me retrouve chez le proviseur. Faut pas exagérer. Je suis debout devant son bureau, qui sent la poussière à cause de la moquette murale. Je regarde la photo de ses enfants à la plage, j'aimerais connaître le prénom de sa fille, mais évidemment, il ne l'a pas mise dans ce lycée. Alors c'est sorti comme ça. J'ai dit :

– Je m'excuserai seulement si vous me dites comment s'appelle la fille de la photo.

Il a bondi dans sa barbe. Des colles, deux fois

plus. Et un sermon. Il se demande si je suis pas malade.

– Il vous manque des cases, Kertel, vous allez finir pervers.

J'acquiesce. Des colles. Trois fois plus. Alors je m'énerve et je lui dis ses quatre vérités sur sa barbe, qu'il doit aimer les grosses voitures, qu'on sait tous pour lui et la secrétaire, etc. Je dis ça en tremblant, mais c'est pas grave. En sortant pour aller en perm, je vois Cyprien qui me jette un avion par la fenêtre, ç'aura été une journée à thème. Dans l'aile il a écrit : « Bon anniversaire, gars. » Sur mon portable, toujours pas de message, alors je reste en perm et ne fais rien, je regarde les arbres au-dehors, en rallumant le téléphone toutes les dix minutes. Je pense à maman. À l'heure qu'il est, elle traîne peut-être aux Galeries Lafayette ou au Printemps, elle aime bien. Finalement, on me laisse repartir chez moi et je m'aperçois sur le chemin que le téléphone est déchargé, alors je cours, je ne m'arrête même pas à la boîte aux lettres et j'arrive exténué pour le rebrancher. Pas de message. Je vais dans la cuisine toujours aussi nickel, mais comme il n'y a plus de Golden Grahams, je retourne m'allonger sur mon lit.

Après dix minutes à glander à l'horizontale, je décide, sans raison, d'aller dans la salle de bains. Elle sent le parfum et les produits cosmétiques, la même odeur que ce nuage qui accompagne ma mère partout. Fond de teint, parfum, crème de nuit, antirides, patch, masque antibactérien, hydratant gras et surgras. Avec ça on la repère de loin. J'me dis : Ça sent la poudre, et ça me fait marrer. Après j'imite une tête de tueur et je dis en me regardant droit dans le miroir :

– Ça sent la poudre, mec.

Comme c'est encourageant, je tente une variation :

– T'as jamais senti autant de poudre de ta vie, mec. Ouais. Cette basseroume, c'est la plus grande poudrière depuis Waterloo ! Minimum, mec !

Je continue à faire d'autres grimaces en rigolant tout seul dans la salle de bains, mais après un quart d'heure, j'en ai marre de faire dire à Bonaparte, de Niro et Bernadette Chirac que ça sent la poudre, mec. Quand même, je reste devant la glace un long moment et me regarde sans bouger. Cette fois, c'est pas pour rigoler. D'abord, doucement avec ma main, je cache la bouche, puis les yeux, les cheveux, sans voir vraiment ce qui cloche. Pas mal de choses en fait. Raccourcir ici, épaissir là, une peau nouvelle surtout, et le bec-de-lièvre au-dessus de ma lèvre. En cherchant dans le placard, je trouve un soin pour le visage et un masque à l'argile, m'en applique à la truelle, l'un par-dessus l'autre, puis encore je frotte avec du lait démaquillant, le tout fait une belle bouillie. Une fois débarrassé, je constate avec un léger plaisir que la peau est devenue plus rose, mais l'illusion ne dure pas.

Les bras crispés sur le rebord du lavabo, je regarde maintenant le miroir avec une sorte de rage. Sur la tablette, il y a des ciseaux à ongles. Je les passe sur ma lèvre dans un sens puis dans l'autre, sur le bout de chair rose et inutile, un bec-de-lièvre mal opéré, infecté plusieurs fois et cicatrisé tant bien que mal, mais c'est une façon de parler, rien n'a plus mal cicatrisé dans l'histoire de la chirurgie. Je le fais passer de droite à gauche et tout à coup c'est fait : je coupe. Même pas mal, ça saigne juste un peu. Je passe encore un doigt sur ma lèvre et jette le minuscule morceau.

D'abord, je me dis que j'ai bien fait. Ce sera mieux. Et puis tout de suite après, une drôle d'impression. Au début ça m'agace juste, mais comme j'arrête pas d'y penser, je m'énerve vraiment contre moi-même, d'autant que ça continue à pisser du rouge et que j'en fous partout.

Je me jette sur le lit pour penser à autre chose, je fais toujours comme ça. Je reste à plat ventre, le nez écrasé sur la couette, en écoutant les voitures sur l'avenue d'Auteuil. Le sang coule sur l'oreiller et forme une tache qui s'agrandit. Putain, merde ! Je retourne dans la salle de bains et commence à déboutonner ma chemise. Je l'enlève, puis mon jean et mon slip, et je me regarde encore. Je monte sur les toilettes pour mieux voir, le sang a un goût agréable. J'suis vraiment pas beau. De dos peut-être... Je présenterai mon dos aux filles. À Astrid. Enfin non, ce sera pas toujours possible.

En traversant l'appartement vide pour chercher de nouveaux vêtements dans la lingerie, je passe devant la porte d'Alban, qui est restée entrouverte. La tapisserie bleue est rayée de bandes plus ou moins claires. Sa chambre est bien rangée, plus agréable que la mienne. Je fouille dans un tiroir et en sors un carton de photos, je les consulte sur le lit. Je regarde longtemps tous les visages, tous les corps, je finis même par m'endormir dessus une demi-heure, mais un courant d'air me réveille. Je fais le tour des pièces en m'essuyant le front avec le bas de mon T-shirt : toujours personne. De retour dans ma chambre, je m'assois à ma table, mais j'ai l'air débile. Même ça, je ne sais pas le faire ! Rester assis. Simplement assis. Il faut toujours que j'aie l'air d'un con. Rien à faire avec ces deux bras et ces deux jambes. J'essaye de m'asseoir sur les talons mais ça me fait mal. Alban fait ça souvent, lui. Où il est encore ? Pourquoi il appelle pas ? Il est vingt heures.

La porte d'entrée a claqué. Mes parents rentrent et me font venir dans la cuisine. Je me fais engueuler à cause de ma nouvelle tête, ils préféraient quand même l'ancienne. On m'offre des cadeaux, une robe de chambre à carreaux et une sculpture de maman qui traînait dans son armoire, des bouts de bois avec des cailloux tenus par de la ficelle. Je sais pas trop quoi en penser en allant me coucher, je n'arrive pas à dormir, si bien que vers vingt-trois heures, je quitte l'appartement pour la Maison de la radio, je fais le mariole sur le toit puis finalement je rentre, à une heure du matin environ.

Le lendemain au lycée, je vais prendre un café avec Cyprien et lui raconte ce qui s'est passé la veille. C'est mon meilleur ami, je veux dire, mon meilleur pote, on est toujours d'accord sur tout. Lui au moins, je suis content de l'avoir. J'ai eu d'autres copains quand j'étais plus jeune, mais toujours des nazes, j'passais pour un con en traînant avec eux. Enfin traîner, c'est un grand mot. Disons plutôt qu'on s'asseyait à la même table à la cantine. Cyprien et moi, on se connaît depuis longtemps, on était déjà dans la même classe en cinquième, mais on se parlait pas tellement. C'était un chef de bande et j'étais pas dedans. Ils faisaient du sport, je déteste ça. Son père est mort quand on était en quatrième. Je pense que ça n'a rien à voir mais on s'est rapprochés à ce moment-là, et depuis, on est plus que tous les deux. Qu'est-ce que je pourrais dire d'autre ? Il est brun. Ou peut-être châtain ? Non, brun.

Anne-Sylvie

– OUI, oui, oui, chérie, oui. Une soirée ahurissante hier, je te raconte... Un pot ? Si tu veux, enfin, disons un cocktail puisque ça a commencé vers vingt et une heures... J'en suis sûre parce que je suis passée m'habiller à la maison vers vingt heures. Voilà, oui, j'y suis allée avec Bernard. Tu sais, Bernard est d'un milieu moyen, il ne faut pas se voiler la face. Son père était pharmacien. Personnellement, ça ne m'a jamais posé le moindre problème. D'ailleurs, comme je dis toujours : l'important, ce n'est pas d'où on vient, mais ce qu'on y a fait. Il n'empêche. Parfois il ne sait pas comment s'y prendre, il n'a pas toujours le mot pour rire, c'est important d'être détendu. Moi, j'ai beaucoup ri d'entrée de jeu avec l'un des directeurs de la boîte, ça s'est très bien passé et pour Bernard, c'est un plus. Le directeur financier... Enfin, il a tout de suite vu qu'on était heureux ensemble et surtout qu'on s'aimait... Une vie équilibrée. Pour lui, c'est rassurant de le savoir, tu comprends ? Il se dit que Bernard sera mieux dans son travail s'il est bien chez lui. Enfin, il y avait tout un tas de monde. Tu sais, parfois je me demande si ce n'est pas un enfant... Il est tellement immature par certains côtés ! Tiens, ce matin encore, il était énervé à cause d'un paquet de cigarettes, parce qu'il avait dû faire la queue sur le trottoir, le buraliste s'était absenté... Comment ? Oui, c'est ça, le jeune buraliste. Il serait beau sans ses tatouages, il a quand même une dégaine... Enfin, je m'égare. Donc, au cocktail, j'ai pu parler longtemps avec cet homme, très beau, élégant, très classe vraiment. Je crois que je lui ai plu. Évidemment, Bernard a discuté avec ses amis boursicoteurs, et moi j'étais bien tranquille dans les yeux bleus de mon directeur financier... Oui, c'est ça, bien tranquille. Mais je vois qu'il est déjà tard, tu voulais me dire quelque chose, je crois ? Bon, on en parlera, passe à la maison quand tu veux, la porte est toujours ouverte ici, tu le sais... Thomas ? Oui, Thomas va bien, c'était son anniversaire hier, du coup, on est rentrés assez tôt du cocktail pour le lui fêter, il était ravi. Mais tu connais Alban, l'aîné ? Il est a-do-rable, drôle, charmant. Enfin bon, il ne faut pas me lancer sur le sujet des enfants, sinon je ne vais rien faire de ma journée. Je te laisse. Bye.

Je raccroche.

Ce que cette fille est *boring* ! Elle m'a fatiguée. Dans la salle de bains, je passe un peu d'eau sur mon visage. Je me regarde dans la glace : je suis affreuse. Mais qu'est-ce que j'ai en ce moment ? Tout me fatigue. Surmenage, allez, chérie, on ne se laisse pas abattre. Dans ma chambre, j'allume de l'encens. J'ai acheté un livre sur Bouddha, ça va m'aider. Je pense à Bouddha. Je me concentre. Il faudra que je relise une page ou deux. C'est une philosophie de vie, le bouddhisme, c'est passionnant, j'ai une amie qui en fait, je veux dire qui est bouddhiste, elle se sent beaucoup mieux aujourd'hui. A priori, la religion c'est pourtant pas ma tasse de thé. Les vieux préceptes, bon...

L'après-midi est déjà bien entamé et j'ai encore une journée de dingue. *Primo*, courir chez le garagiste récupérer ma voiture. *Secundo*, envoyer une lettre de château aux organisateurs du cocktail d'hier, au directeur financier en particulier. Je me demande si je gagnerais du temps à passer à la carterie avant d'aller chez le garagiste. Voyons sur un plan... Si j'emprunte cette rue-là, puis cette autre, c'est sûrement plus court qu'en allant d'abord sur les quais récupérer la Mini. Quoique pas sûr. J'appelle Bernard, qui prend tout son temps pour arriver. Je lui demande : « Tu penses que c'est plus court par ce chemin-là ou par celui-ci ? » Finalement, il n'en sait rien, alors je décide d'aller d'abord chercher les cartes pour ensuite récupérer la voiture, ce qui m'évitera d'avoir à la garer deux fois. Quand ce sera fait, j'espère que j'aurai le temps de revenir ici, de trouver une place de parking et reprendre le métro pour aller chez le dermato. Il faut que je lui montre ces plaques rouges sur mes poignets. Enfin, là je n'en ai plus, mais j'en avais hier. Un moment j'ai pensé décommander, mais comme ça, au moins, il pourra me prescrire des soins pour le visage.

Thomas est une grande oie. Comme son père. S'il savait, le cher enfant. S'il connaissait l'histoire. Eh bien, elle commence dans un parking. Parfaitement, dans un parking. Parce que, évidemment, là, avec Bernard, c'est pas la joie, mais il faut pas croire ! J'ai connu des jours meilleurs. J'ai fait tout ça, moi. Je l'ai fait.

D'abord, il y a eu Alban, accouchement sans douleur, méthode chinoise. Bernard, qui n'a pas fait grand-chose, aura au moins fait celui-là. Et puis bien, avec ça. Évidemment, après, ça s'est gâté. Pas moyen d'en avoir un autre, rien, nada, des heures à observer le plafond pour récolter des clopinettes. Je me disais, il faudrait le repeindre quand même, pendant qu'il poussait des cris stupides. Moi, le missionnaire, on ne m'a pas élevée dans cette idée-là. Ou plutôt si, on m'a élevée comme ça, mais j'ai dit non, ça non, c'est pas pour moi. Que ça change et que ça marche ! Alors il a bien fallu que je m'épanouisse toute seule.

Enfin, m'épanouir. Moi, je voulais un autre enfant. En fait, j'en aurais voulu un deuxième comme le premier, le même, ou alors une fille qui m'aurait ressemblé. On aurait pu faire des choses toutes les deux, on aurait été deux copines. Mais la peinture s'écaillait.

Alors un jour – je suis folle –, je gare la voiture dans le parking du travail et ça s'est fait comme ça. C'est pas que je le désirais tellement, ce grand gaillard, mais je me suis quand même lancée, dans la Mini, c'était cocasse. Au même moment, Bernard s'enfermait dans une cabine de l'hôpital américain de Neuilly. Il m'a tout raconté, pour une fois. Je me serais passée des détails, mais bon. Il a découvert l'existence de tout un tas de magazines qui n'étaient ni *L'Express,* ni *Le Point.* Je l'imagine, pauvre Bernard, qui se retrouve adolescent, tout seul, lui et la veuve poignet... Il croit toujours que Thomas est tombé dans le tube de plexiglas.

Thomas. Quinze ans déjà. Il m'inspire quelque chose d'animal, il est un peu animal. Pas comme son frère... En fait je m'exprime mal : il vit dans une sorte de basse-cour un peu imaginaire. Ça, il a de l'imagination mon Thomas ! Ça vient peut-être de son père ? Ça me fait rire. Même moi j'en ris. Je suis capable de rire de tout. On doit pouvoir rire de tout, pas vrai ? D'ailleurs, ce n'est pas si grave. Ce père-là ou un autre, pffff... Je me tâte, est-ce que je lui dirai un jour ? Et l'autre, le type du parking, s'il savait, quel désastre ! Il faut dire aussi qu'il n'est pas conciliant mon Thomas. Hier, je lui fais un cadeau pour son anniversaire, une robe de chambre et des chaussons assortis, et puis une sculpture que j'ai faite fissa avec de la récup, mais il n'y comprend rien à l'art. Je la lui donne, il tire des yeux comme des chausse-pieds, c'est à peine s'il dit merci. C'était dans la cuisine, en rentrant du cocktail. Mais il était tard, je lui ai dit d'aller se coucher.

Qu'est-ce qu'il m'arrive ? Je marche trop vite, ça doit être ça. Je crois que je me sens mal, j'angoisse. Ça monte comme ça. Personne ne peut comprendre... C'est vrai, tout le monde dit qu'il est angoissé, mais moi je suis une anxieuse de naissance, c'est dans mon code génétique. Ah ! Thomas, tu me donnes du souci... Je m'assois sur un banc, j'avale ma salive, je me secoue, je me reprends, il faudra juste que j'en parle au docteur, c'est quelqu'un de très rassurant. Je rentre dans un magasin et m'achète une bêtise ou deux, puis cours chez le dermato qui ne me trouve rien de très grave, juste une ou deux crèmes de soin.

De retour à la maison, je m'étends sur mon lit. Enfin, je dis maison mais c'est un appartement style Haussmann, trois chambres, un grand salon, un petit bureau pour Bernard, une cuisine, une entrée, deux salles de bains, parquet, moulures et cheminées, peinture blanche et plantes vertes. On entre, le salon est en face, il compte trois grandes fenêtres, dont l'une est en angle. À droite de l'entrée, la cuisine. Vingt mètres carrés. Et puis à gauche, il y a un couloir assez long et qui tourne, on a fait les chambres dans cette partie-là. La première, c'est la nôtre, celle où je me trouve en ce moment, sur mon lit pour être exacte. Je ferme les yeux et qui je vois ? Le directeur financier du cocktail d'hier. Ça alors ! Ça m'amuse. Je sais où il travaille mais si j'appelle, j'aurai l'air d'une truffe. Je m'endors et fais un rêve, puis me réveille dans les vapes. Qu'ils ne comptent pas sur moi pour faire à manger ce soir, d'autant qu'il y a des pizzas dans le congélateur. Je vais quand même vérifier. Margherita, fruits de mer... J'appelle Alban dans tout l'appart et finis par le trouver dans sa chambre, devant la télé.

– C'est quoi ce que tu regardes ?

– Un Tim Burton.

– C'est bien ?

Je dois répéter. Il faut dire qu'il est toujours tellement plongé dans ce qu'il fait !

– C'est quel film de Tim Burton, mon chéri ? C'est quoi l'histoire ?

– *Edwaromain agent.*

– Comment ?

Il soupire et répète, en articulant cette fois :

– É-douard-aux-mains d'ar-gent.

– Ah ! Très bien très bien. Tu sais qu'il y a des pizzas dans le congélateur, si tu en veux...

Je reste encore trente petites secondes à le regarder en train de regarder la télé, puis retourne sur mon lit. Quand même, si je pouvais le voir, le directeur financier ! Je fomente différents plans et me trouve très maligne, très féminine, intuitive et tout ce qu'on veut, on va voir ce qu'on va voir.

Thomas

SUR mon agenda, pour demain :

Bio : dossier p. 54, schéma 3 (sur le cahier) + lire l'encadré p. 52 (vert) + p. 53, n° 5. Interrogé. Ferai ça plus tard.

Dessin : finir la planche 4ᵉ couverture + photos noir et blanc, portrait (que la tête). Qu'est-ce que ça veut dire ?

Je feuillette l'agenda. Cyprien a noté une blague à la page du 23 novembre. Je referme ce truc et commence à réfléchir.

Bon, OK. Hier, j'étais un peu *down.* Mais j'ai mes raisons. J'ai évoqué le nom d'Astrid ? J'explique. Il y a trois mois de ça, j'étais assis dehors, contre le mur du lycée et les mains dans les poches. J'attends qu'un surveillant ouvre le portail. J'abîme mon blouson sur le mur, le salpêtre y fait un dessin qui ressemble à mes omoplates.

Une voiture s'arrête au bord du trottoir, juste devant mes pieds, mais je ne fais pas attention au début. En général, je ne pense à rien de particulier quand on s'arrête devant moi. Pourtant, cette fois, je jette un coup d'œil. À l'intérieur, il y a toutes sortes de boucles, rendues plus brillantes par le noir de la voiture, et plus noires encore à cause de la nuit finissante. À l'avant, côté passager, une fille a l'air de dormir. Le conducteur tend sa grosse main vers les boucles et les secoue légèrement en murmurant quelque chose, courage ou bonne chance, ou à tout à l'heure, enfin j'en sais rien. La fille embrasse son père et claque la portière. Miracle premier : elle vient se placer à côté de moi. On ne se connaît pas. Je la regarde et me dissous, le gyrophare du camion poubelle rend la scène d'autant plus irréelle.

– Salut, dit-elle. Moi, c'est Astrid.

Je réponds :

– T'es nouvelle ? T'es dans quelle classe ?

Elle est en seconde C, ma classe. Je lui dis :

– Je vais t'accompagner, on a allemand.

On traverse la cour côte à côte jusqu'à un premier couloir, bruyant, avant de prendre l'escalier B. Elle demande :

– La classe est sympa ?

Je réponds oui, à peu près. Ses doigts traînent sur la grosse rampe de l'escalier, je manque deux marches en les regardant. J'envisage de lui prendre la main et d'autres bêtises qui ne valent rien sur du papier, mais heureusement je pose une question à la place, ce qui est très courageux :

– Tu viens d'où ?

– De Bordeaux. Tu connais ?

– Un peu.

Pardon si je m'attarde mais elle est adorable. On avance difficilement, ça gueule, ça rigole, ça se bouscule de partout.

Puis, une seconde après, la tuile. Romain (appelons-le l'idiot pour faire court même si gros-connard irait mieux), l'idiot arrive dans mon dos sans que j'aie pu le contrer et dit : « Arrête de draguer, Don Juan », puis il passe en me donnant un coup d'épaule. Comme Astrid se prend d'un petit rire, j'ai du mal à retenir mon poing. Vous savez ce que c'est, l'humiliation ? Un peu de désespoir et une bouffée d'adrénaline. Entre deux coups de poing, je croise le regard d'Astrid et comprends un peu tard que s'il se brouille, c'est que je pleure de rage. Romain en profite et m'envoie à l'infirmerie. Lui n'a pas eu trop mal. Soutenu par un surveillant, je descends les escaliers alors que tout le monde me regarde, et tout le monde entend Romain me lancer que je suis trop moche, qu'il faudrait que je me cache et surtout pas que je me reproduise.

La phrase fait le tour du lycée à la pause de dix heures, il faut dire qu'elle se retient bien. Romain, auteur de cette formule éminemment publicitaire, s'est construit grâce à elle un piédestal des plus beaux : marbre, dorures et autres ornements d'inspiration romaine. Je regarde de loin un groupe se former autour de lui. L'air de rien, il me lance des œillades victorieuses, je le remercierais presque d'être aussi discret mais bientôt je comprends : derrière moi, quelqu'un s'est mis à courir et m'agrippe les épaules en me crachant dans l'oreille : « Va te cacher, faut pas que tu te reproduises ! », puis l'ombre s'en va en riant, je me réfugie aux toilettes. Dehors, dans la cour, je perçois la rumeur. J'imagine Romain sur une colonne de marbre. À son pied, le proviseur grave une épitaphe au burin, une ou deux lignes entre la supplique et l'hommage. Le prof de latin, l'air sérieux, distille quelques conseils grammaticaux. Ensuite on réunit tous les élèves et ils se mettent en rang d'eux-mêmes, à genoux devant le piédestal. Mais je ne connaîtrai pas la suite : la sonnerie retentit au moment de la prière.

Évidemment, ça ne fait pas très sérieux. Ce sont des histoires de petit garçon. Je remonte en classe et arrive en retard, exprès. Astrid s'est assise à une table près de la fenêtre, et deux élèves l'entourent. Je la regarde. Elle doit s'en rendre compte et nos yeux se croisent, il y a même un sourire, tout va mieux ensuite, le cours d'allemand est génial.

Je laisse tout le monde se foutre de ma gueule à onze heures, puis à midi, puis à quatorze heures, avec un flegme très british. C'est un très beau jour. Je n'insiste pas trop l'après-midi pour parler à Astrid. Je comprends bien, malgré tout, qu'arriver dans un nouveau lycée n'est pas évident. Choisir direct le plus gros loser disponible n'est pas non plus facile. Alors je lui laisse du champ.

Le ciel à seize heures est transparent quand je rentre chez moi. Longue et fastidieuse description du bonheur, puis arrivée dans ma chambre. J'ouvre grandes les fenêtres et aperçois en bas ma mère qui entre dans l'immeuble. J'ai l'impression d'avoir une nouvelle à lui annoncer mais ne sais pas laquelle. Anne-Sylvie, ma mère, ouvre la porte en discutant avec l'une de ses amies qui traîne avec elle sa petite fille de quatre ans. Toutes les trois s'installent dans le salon. Maman est furax à cause d'un médecin incompétent ou je sais pas quoi. J'écoute distraitement, depuis la pièce d'à côté, l'histoire du plus mauvais ostéopathe de tout l'ouest de Paris :

– Écoute, j'y suis allée déjà quatre fois et il m'a complètement démolie. Dé-mo-lie ! Alors, j'aime mieux te dire, je me suis un peu renseignée sur son compte. On m'avait prévenue que c'était le plus mauvais de tout l'ouest de Paris, mais comme c'est Sophie qui m'avait dit ça et que son mari est médecin, je n'avais pas trop confiance...

– C'est comme moi avec le plombier, répond son amie après un silence.

Maman répond vaguement :

– Ah oui ?

– Oui, un désastre...

Mais ma mère n'a pas l'air passionnée par les questions de tuyauterie. Je profite du flottement pour proposer mes services, je prépare très bien les p'tits gâteaux. J'entre dans le salon et maman me demande ce que je fais là. Elle adopte un ton bizarre quand il y a du monde. Des gestes un peu tendres et une manière de parler comme si j'avais encore trois ans. Je propose d'apporter la grosse boîte en fer ou même des After Eight. La petite me regarde en se cachant derrière sa mère. Je m'accroupis : si elle veut venir à la cuisine, je lui donnerai des gâteaux. Mais sa mère répond non merci, bien que je sois adorable. Maman, elle, pense que son p'tit chéri serait gentil de s'occuper tout seul dans sa chambre à présent, à faire ses devoirs par exemple.

– C'est qu'il est doué en français, n'est-ce pas que tu es doué ? Allez, file.

Je m'allonge sur mon lit pour réfléchir. Astrid ne m'a pas trouvé trop moche, c'est clair. Je ferme les yeux. C'est un parc très vert, où on se trouverait tous les deux. C'est surtout elle que je vois, en fait. On est assis dans l'herbe. Je ne sais pas pourquoi je porte une sorte de culotte de golf et elle une robe blanche, c'est ringard mais ça me plaît. Ensuite, je l'accompagne vers les bois et on tombe sur un tennis. On joue une heure ou deux avant de retourner au château. Parce qu'il y a un château qui traîne. On marche pieds nus sur le carrelage. Je lui sers une limonade ou un jus d'orange. Elle me dit de m'approcher en s'asseyant sur la grande table au bois usé. J'avance vers elle et me voilà la tête dans ses mains, peut-être même qu'elle m'embrasse et je préfère arrêter là notre retransmission du jour, parce que c'est la honte de penser à des trucs pareils.

Dans l'appartement, la mioche s'est mise à pleurer vraiment. C'est chiant. Je décide d'aller voir ailleurs si elle y est, en espérant que non. Par l'escalier de service, je regagne l'avenue d'Auteuil et descends jusqu'à la Seine. Je m'attarde sur un pont. Avec tout ce soleil on se croirait à la mer : il y a des petites boules de feu dans l'eau, c'est même éblouissant. Je me sens bien mais ça ne dure pas. Accoudés au parapet, un mec et une fille chuchotent : « T'as vu la bouche qu'il a ! » Enfin, je crois que c'est ça qu'elle a dit. Si ça se trouve, elle parlait pas de moi, mais l'autre fait oui de la tête avec un air sincèrement compatissant, et je crois qu'il m'a regardé. Alors pardon si je commence à bouder, si la Seine m'amuse un peu moins, si le ciel est finalement égal à lui-même, c'est-à-dire changeant. Il commence à faire froid. Rive gauche, je me cache entre les grandes tours. Là, je m'assois sur un banc en granit et entreprends de me faire assassiner. Ça marche jamais.

Le retour finit de me blaser. Sur le chemin, deux vieux (genre au moins quatre-vingt-dix à tous les deux) s'embrassent bouche grande ouverte, par petits coups réguliers. Vraiment dégueu. Faut dire, si j'étais à sa place, je ferais comme lui, vu que je tiens pas longtemps en apnée. J'peux pas m'empêcher de les regarder. De retour à l'appartement, j'enlève mes chaussures pour ne pas faire de bruit, ça pourrait attirer la mioche. Dans le salon, maman parle de moi à son amie, alors j'arrête de marcher et reste comme ça dans le couloir. « ... Mais ce que tu dois comprendre, chérie, c'est que Thomas est un vrai frigidaire, je te jure ! Un frigidaire... » Elle éclate de rire. « Il passe à côté de tout ce qui est bon... » À ce moment-là, c'est comme s'il y avait une présence dans mon dos. Je me retourne doucement et trouve une grande bouche, bien ouverte, silencieuse mais pas pour longtemps, la gamine qui s'apprête à hurler, alors je me dépêche de repartir dans ma chambre en jetant au passage un coup d'œil dans celle d'Alban, des fois qu'il aurait été dans le coin on aurait pu se faire une partie de jeu vidéo, mais non.

Je m'assois à ma table, une petite table en bois avec des inscriptions au Bic et au cutter, et reste là sans rien faire. Après un moment, je me lève, vais à la fenêtre, retourne à la table, je m'assois sur mon lit et j'attends, je réfléchis. Y a un truc troublant en ce moment, c'est que j'ai l'impression de me souvenir du jour où je suis né. Je ne sais pas si ce sont de vrais souvenirs, je vois une sage-femme vaguement poilue avec une tresse dans le dos jusqu'aux fesses – il faudra que je demande si ma sage-femme était poilue. J'ai raconté ça à Cyprien, mais il me dit c'est impossible, qu'on ne se souvient pas de cet âge-là, ni de sa naissance. Moi, il me semble me rappeler l'odeur de la clinique, le détergent, l'eau de Javel. J'en ai parlé aussi à Serge une fois. Je pense qu'il m'a cru à peu près, avec la petite réserve obligatoire, celle qu'on garde avec les gens de mon âge.

Franck

ÇA y est ? Je suis réveillé ? Je dois être réveillé là, mais je ne me souviens plus où je suis. Garder les yeux fermés. Je souris. Et puis d'un coup je ne souris plus, je ne sourirai plus de la journée parce que ça y est, je sais où je suis. Il y a un courant d'air dans la chambre à cause de ce bâtard qui veut pas changer les fenêtres. Proprio de merde. En ouvrant un œil, je prends une Marlboro dans le paquet sur la table de nuit. Mais j'en prendrai plus de la journée. Je me lève pour foutre un caleçon. Par la fenêtre, je regarde les bâtiments en face, le temps de finir ma clope, mais comme on est au rez-de-chaussée, on voit pas grand-chose.

Dans le salon, il y a les p'tits qui dorment avec deux gamins que je connais pas. Je passe à côté de Michel pour aller à la cuisine, il fait semblant de dormir, alors je me doute de rien et il m'agrippe le pied pour me faire tomber. « Sale petit con ! », je lui dis, mais je peux pas parler trop fort pour ne pas réveiller les autres, ça le fait marrer.

Je lui demande :

– C'est qui ces mecs ? Qu'est-ce qu'ils foutent là ?

– Des potes de David.

– Et ils peuvent pas dormir chez eux, les potes de David ?

– Trop loin, Franck, trop loin.

Avant, on habitait les HLM vers la Défense. Mes petits frères ont gardé des connaissances là-bas. David et Michel, ils s'appellent. Je dis des connaissances parce que c'est pas des amis, ils se voient que par intérêt, pour faire des conneries ensemble. Moi aussi, à la Défense, je jouais la racaille, il y a pas longtemps en fait. C'était pas vraiment la banlieue, même si c'était la banlieue quand même, mais avec un autre esprit. C'est à côté de Neuilly. Maintenant encore, j'habite ici, avec tout le fric autour, mais je vis pas dans les étages.

La télé sur le frigo était restée allumée toute la nuit. J'ai bu mon café en zappant entre les dessins animés et « Les matins de la Deux », ou un truc comme ça. Y avait un reportage sur l'économie, le chômage qui monte, la dette de la France et j'ai murmuré : « Les bâtards », je l'ai répété une autre fois par réflexe. Déjà, je sentais que je serais énervé toute la journée. Je suis allé m'habiller dans la salle de bains et en sortant, sans mettre mes chaussures, je me suis approché de Michel qui s'était rendormi. Là, je lui ai foutu mon doigt de pied dans le nez jusqu'à ce qu'il étouffe et que ça le réveille. Il a dit : « Lâche-moi, connard », mais sans conviction, et s'est rendormi immédiatement. Après, je suis sorti pour aller voir la vieille dans la tour Estelle. C'est assez loin. La vieille, ma grand-mère, c'est une voyante, elle a des dons, on est tous un peu gitans dans la famille. En arrivant dans le hall, comme l'ascenseur était en panne, je suis monté à pied jusqu'au troisième où il y a le monte-charge. Tout le monde fait comme ça, vu que l'ascenseur ne marche qu'une semaine sur quatre. Ensuite, je suis monté jusqu'à l'étage 18 et je me suis arrêté un moment dans le couloir carrelé pour regarder la vue sur la Grande Arche. J'arrivais pas à partir, je pensais à tout un tas de trucs. Pourtant je la connais cette fenêtre, vu que j'ai habité là pendant seize ans.

J'avais les clés mais j'ai quand même frappé une fois à la porte, elle a rien dit quand je suis entré. Elle me regardait comme ça, dans son gros fauteuil, avec des coussins partout qu'elle tricote elle-même, et puis les peintures un peu rouges. Je lui demande si ça va et elle détourne la tête. Je lui fais un thé mais elle n'en veut pas. Elle veut savoir où j'étais et ce que j'faisais, pas moyen qu'elle pense à autre chose. Mais moi je réponds pas, je m'assois en face d'elle et puis je dis :

– T'es voyante ? Alors tu sais bien ce que je fais.

Je regrette un peu d'avoir dit ça. Elle lève les yeux sans rien répondre puis se met à regarder mon tatouage en disant qu'il est beau.

– Tu saignes plus ? Le cousin te l'aurait fait mieux que ça. Aide-moi à me lever, Franck. Comment va ton oncle ? Il vient jamais me voir. Tu lui diras que c'est plus la peine qu'il revienne de toute façon. Tu m'as amené mon argent ?

Je sors quatre billets de vingt euros de ma poche et les lui donne. Elle me demande :

– Ton oncle sait que tu me donnes de l'argent ?

– Oui.

– Tu es gentil, Franck, tu es gentil. Tu sais, j'ai vu de bonnes choses à venir pour toi. J'ai vu aussi que tu étais triste hier.

– Tu dis n'importe quoi.

– Qu'est-ce que tu as fait hier, Franck ?

J'aime pas quand elle fait ça. J'aurais bien voulu ne pas m'énerver et rester avec elle, mais ça montait trop, alors j'ai préféré partir en claquant la porte. J'ai couru jusqu'en bas, après ça allait mieux. Mais juste là, voilà sur qui je tombe : Meyriam. Ça fait deux semaines que je l'ai pas appelée. Elle me chope en allant au métro, sur l'esplanade. Y a tout le monde, même Lydia, même ce p'tit casse-couilles de Christophe. En me voyant, elle s'approche et commence à m'engueuler, comme quoi je fais le mort, que je suis avec une autre meuf et tout. Au début, je dis que c'est pas vrai mais elle me saoule, elle gueule comme une folle. Je finis par dire qu'il y a quelqu'un d'autre, juste pour qu'elle me lâche, et je me casse.

Mon oncle attendait au bureau de tabac. Il faisait la gueule parce qu'il s'était tapé le boulot tout seul comme il n'y avait plus personne pour le bar. Au début il a rien dit mais je le connais : il gueule à retardement, jamais devant les gens, comme il dit. Débile. On s'en fout des gens. Et puis il faut bien quelqu'un pour aller voir la vieille, mais ça, il en a rien à foutre. Déjà qu'il croit que j'ai volé, mais on vole pas la famille, c'est un principe. Voilà c'que c'est d'habiter chez les riches, ça rend parano. Même moi je deviens parano. Si je suis riche, ce sera pas comme eux : moi, si je suis riche, je déménage. C'est pour plus tard.

À midi on m'appelle, mais c'est bourré au tabac. Je dis que je viens pas, mais les autres ils sont flippés, y a un problème. J'm'en fous, démerdez-vous, mais il y a les p'tits aussi... Alors je suis obligé d'y aller. Ils me disent : « Dix minutes, j'te jure, dix minutes. » C'est David qui se faisait emmerder, rien de grave, mais le temps d'y aller et de revenir, je vois la queue du tabac qui s'allonge sur le trottoir, un gros connard m'insulte parce qu'il est en retard, il me traite de fainéant. Je lui dis : « T'as qu'à fumer moins », et je lui vends pas ses clopes. Bâtard. Il dit que lui me tutoie pas, alors de quel droit, moi, le bon à rien, j'ose le tutoyer, et il se casse. Trois mecs de la queue se barrent en même temps que lui, allez vous faire foutre, j'm'énerve pas, j'ai même pas haussé la voix. S'prennent pour qui ?

Je regarde mal les clients. Des vieux, des mecs en costard et des gamins, comme c'est en face du lycée. Ils font les malins parce qu'ils ont du shit au fond des poches de leur Levi's. Sans parler des autres, qui s'envoient des trucs que tu sors pas dans la rue.

L'après-midi, pas le temps pour une pause, je reste derrière le comptoir. Côté tabac, l'oncle arrête pas de parler, il fait des blagues et des sourires. Vous avez des Winston légères en paquet de vingt ? « Marlboro », il répond. En insistant sur le o et en avançant la tête. « Marlboro, y a qu'ça. » Je me retourne pour servir un demi à deux types qui parlent business. C'est des habitués. Je les connais bien, mais je leur parle plus. Avant, oui. Avant, j'aimais bien venir ici, tout au début, quand j'étais gosse. On habitait à la Défense, l'appartement de la grand-mère. Moi, j'étais presque heureux à l'époque, j'étais sur le point d'être heureux, à cause de cette magouille, de ce tabac qu'on aurait jamais dû avoir. Mon oncle n'a pas d'argent et puis un jour, il a un tabac dans le 16e. Ça ne dérange personne, il a tous les papiers. Personne ne lui pose de questions, on lui fait confiance sur toute la ligne. Faut dire, toute la famille s'est toujours reposée sur lui. À ce moment-là, c'était plutôt un bon vivant, il nous faisait marrer. Avec lui, y avait jamais de problème. Alors quand il nous a annoncé qu'il allait changer de boulot, devenir gérant d'un bar-tabac, ça n'a étonné personne. On était trop contents... La vieille avait les larmes aux yeux. Et puis on croyait à la bonne étoile, mon oncle, on aurait rien fait sans son avis, on aurait jamais mis sa parole en doute.

Alors moi je venais ici, tout gamin, je m'asseyais dans un coin, j'aidais à deux ou trois trucs, je parlais avec les clients, j'étais comme une sorte de mascotte. L'oncle disait : « On va acheter un appartement par ici, ce sera plus pratique », et tout le monde s'est mis à y croire. Il arrêtait pas d'être heureux, c'est comme s'il avait cramé toutes ses cartouches en même temps : maintenant, il ne sourit plus que devant les clients.

Mais on a pas déménagé. Au début, on était impatients, ça allait être la nouvelle vie. On comprenait pas ce qui arrivait, mais ça arrivait. On visitait des appartements à La Muette, à Jasmin, au Ranelagh, mais à l'oncle, ça lui plaisait pas. Enfin, c'est ce qu'il disait. En fait, il avait pas l'argent, c'est tout. Ça a duré au moins un an, et toutes les semaines, on attendait la suivante, ça allait être bon, c'était certain. Alors on en visitait d'autres, et d'autres, tous plus beaux les uns que les autres. En rentrant, on s'attribuait les chambres, on disait : « Faudra mettre le bahut là », et on y croyait. Quand on demandait à l'oncle : « Et alors, pourquoi pas celui-là ? » Il disait : « P'tit, une nouvelle vie, ça s'attrape pas comme un moustique. » À ce moment-là, quand même, on avait des raisons d'y croire, et surtout le bar, tombé Dieu sait comment dans notre vie. J'y passais de plus en plus de temps, et toutes les vacances. Je jouais au mec qui sait tout, je conseillais des chevaux aux clients. Avant de rendre leur bulletin de PMU, ils venaient me demander mon avis, parce qu'ils trouvaient ça marrant. « Hé ! Y joue quoi, le p'tit Franck ? – Étoile des Champs dans la 4e ! » je répondais. Ça voulait rien dire.

Tout le monde m'aimait bien. Même les élèves du lycée, les filles me trouvaient marrant. Moi, j'attendais de venir avec eux, quand on habiterait ici, je ferais mon collège et mon lycée ici, avec leurs petits frères et sœurs. Ils débarquaient toutes les heures et surtout à midi, ils se mettaient à la grande table du fond pour jouer au p'tit bac ou juste pour piaffer, y en avait toujours quinze ou vingt. Moi, je les écoutais raconter leurs week-ends au ski et leurs soirées entre eux, des fêtes. Je me disais : Il faut que j'écoute bien pour savoir comment faire. Ce serait pour bientôt, dès qu'on aurait trouvé quelque chose de convenable, parce qu'une nouvelle vie, ça se chope pas comme un moustique.

En attendant, on continuait à vivre dans le même petit appart, minuscule à vrai dire, au 18e étage. Après deux ou trois ans, rien n'avait bougé. J'allais moins au tabac, même pour les vacances. Je restais là-bas, à la Défense, dans les parkings souterrains, avec les nouveaux potes. Je me disais : Je reste avec eux en attendant. À l'époque, j'allais toujours m'enterrer dans les caves, c'était bizarre. Maintenant, j'ai plutôt besoin d'être en hauteur. J'avais treize ans à peu près et je croyais toujours qu'on allait déménager. Je me disais : J'inviterai les potes, on passera des journées là-bas, c'est quand même plus beau qu'ici, et puis ils pourront dormir chez nous, parce que ce sera plus grand.

Avec eux, on a commencé à se faire de la thune facile. Au début, ça m'intéressait pas tellement, parce qu'on en avait, de l'argent ; si y avait le tabac, il devait bien y avoir de l'argent. Mais j'ai quand même suivi et au bout d'un moment, je me suis mis à dealer aussi. De toute manière, tout le monde faisait pareil. Je commençais à gagner pas mal. Et puis il faut dire qu'à un moment j'en ai eu marre des mensonges de mon oncle. Je sais pas quand exactement, mais ça m'a saoulé d'attendre. Et même, plus que d'attendre, c'était de le voir parler encore du nouvel appartement tous les dimanches à midi, alors que c'était évident qu'on allait pas déménager. Donc, l'argent, j'ai commencé à y penser plus sérieusement, à comment m'en faire par moi-même, je voulais plus attendre après ses conneries.

Cyprien

MON père était militaire dans la marine. On le voit sur des photos dans la chambre de ma mère, portant une casquette d'officier et son uniforme d'été. Je sais qu'ils se sont aimés, et j'y pense quelquefois.

On meurt peu en mer, de nos jours, sur des frégates. Nous ne savons pas ce qui s'est passé exactement, il ne nous reste qu'une lettre à en-tête du ministère de la Défense, que ma mère m'a montrée une fois, quand j'étais petit. Des explications bafouillées. Ensuite, l'enterrement et le drapeau, un enterrement comme une revue du 14 Juillet, tous ces gens en bleu aux ourlets impeccables qui me prennent dans leurs bras, et puis une autre lettre, plus tard, du président de la République ou alors de sa secrétaire. J'y ai beaucoup réfléchi, maintenant moins. Je ne lis plus seulement les livres de bateaux dans la bibliothèque. Mais déjà j'en ai trop dit. Ma mère, elle, n'en aurait pas parlé ainsi. Elle aurait dit : Il est mort, et puis elle aurait souri, ce qui glace le sang au début. Il faut apprendre à la connaître. Elle m'a eu très jeune. Une fois ou deux, nous avons parlé, mais je ne me souviens plus que du salon et de la lumière. Puis une autre fois, en vacances, nous dînions au restaurant sur le port. Et tout cela était si calme que je me suis senti bien.

Je tourne la tête et m'aperçois que Thomas traîne, alors je cours moins vite pour l'attendre. Logiquement, on est censés faire encore cinq tours du parc. Arrivé à ma hauteur, il dit en montrant du doigt un passage sous les arbres :

– On peut p'têt' couper par là, tu crois pas ? Personne va nous voir ?

On s'arrête derrière un buisson, le temps qu'il reprenne son souffle, après quoi on quitte le cours de sport pour partir chez moi. Ça ne m'aurait pas dérangé de finir pour une fois, mais une heure à ne rien faire, c'est toujours bon à prendre. Dans le placard de la cuisine, je trouve une tablette de Crunch qu'on s'envoie dans ma chambre en écoutant de la musique. Je me mets à marcher sur les mains pendant que Thomas lit une BD. Je dis :

– C'est dommage qu'on fasse pas de gym. C'est le sport le moins con.

Puis je vais prendre une douche et le retrouve à la même place un quart d'heure plus tard. Je remets mes affaires sales sur moi et on retourne au parc, pour y être juste avant la fin du cours.

À la cantine, le même débat revient tous les jours ou presque : est-ce que oui ou non cette bouffe est mangeable ? Je soutiens chaque jour que oui, mais j'en ai un peu marre à force. Rien d'autre à signaler. On sort du réfectoire et il y a plusieurs options. Je serais plutôt pour un basket. Le problème, c'est qu'il y a Romain dans l'une des équipes, alors Thomas préfère qu'on aille voir le film diffusé en permanence. Aujourd'hui : *Un monde parfait.* Film pas très récent que j'ai déjà vu. Mais tant pis, on se met dans le fond de la salle pour se moquer des répliques les plus nulles. Ça dure une heure trente et c'est bien. On manque de se faire virer trois fois. Une déléguée de première S, un vieux sac Paquetage en bandoulière, grande, blonde et désagréable, menace de nous dénoncer si on ne la ferme pas. Elle s'appelle Ophélie et, tout comme son prénom, je ne supporte pas le personnage, à cause de sa voix traînante et parce qu'elle est trop sûre d'elle. C'est du genre à faire des déclarations d'amitié sur les cahiers de textes, pour des copines qu'elle critique par-derrière. Elle traîne avec un gang de filles comme elle, des plaies ouvertes et contagieuses.

À quatorze heures, les cours reprennent. Histoire. J'ai envie de dire qu'on est déjà au courant pour la Révolution française. Thomas est assis à côté de moi et griffonne sur sa copie une caricature du prof. Ensuite, pendant un quart d'heure, je suis obligé de faire passer les mots que mon voisin de derrière destine à ma voisine de devant. Astrid est concentrée à faire peur, ça me fait soupirer. Thomas la regarde avec un sourire, ça me fait soupirer et en plus ça m'énerve, alors j'essaye de détourner son attention avec une blague que j'ai entendue hier mais pas moyen, une fois de plus, de le faire déscotcher.

En sortant, j'avais envie de prendre un café, mais Tom a préféré rentrer. J'ai fini *Michel Strogoff,* c'est aussi bien au début qu'à la fin, je le mets en tête de mes livres préférés avec *Les Trois*

Mousquetaires, tous les bouquins de Tolkien, *L'Ancre de miséricorde* et les récits de voyage de Loti.

À vingt heures, je reçois un coup de fil de Thomas. Je partais pour le Trocadéro où se réunissent pas mal de jeunes que je connais comme ça. En général, j'y vais en roller ou en skate. Thomas, lui, n'y va pas tellement. D'abord, il ne fait pas de skate. J'ai l'impression qu'il se sent mal quand il y va, comme s'il était observé, il faudrait qu'il se trouve un style. Au Troca, il y a un peu de tout. En règle générale, quand on est petit, on commence à apprendre en face du musée d'Art moderne, place de Tokyo. Il y a des marches et des rampes d'escaliers. La petite racaille du 16e, pantalon baggy et chemise vichy, vient s'entraîner là dès treize ans, ou même plus jeune. Moi, au départ, j'y allais avec ma mère. Très vite, j'y suis retourné tout seul, le soir après le collège, je me suis fait des amis là-bas, et quand on s'est estimés assez bons, on a rejoint les grands au Trocadéro. Du coup, il y avait toute une histoire d'apparences. Là-bas, on ne pouvait plus se contenter de pantalons larges sous nos petites chemises rayées. Il fallait au moins un sweat à capuche et un T-shirt vaguement sale. C'est que tout est joué. *Everything's fake.* Ça, Tom a du mal à le comprendre, mais j'ai envie de le lui montrer, sans le vexer. Une fois, on y va tous les deux parce qu'il voulait dire quelque chose à son frère (Alban y a pas mal traîné, lui aussi fait du skate, pas mal d'ailleurs). Tom porte des chaussures de ville, type Paraboots. C'est pas que ce soit nul en soi d'avoir des Paraboots, pas plus que des mocassins américains ou des pompes à petits trous. Mais évidemment, il faut pas les sortir n'importe où. Alors on arrive là-bas, et il voit bien qu'il est pas dans le ton. On discute avec un mec ou deux et là, il me prend à part et me dit d'attendre dix minutes. Je le vois revenir un peu après, tout rouge, il a couru comme un fou et s'est mis des vieilles baskets aux pieds.

Moi, pour les fringues, j'ai pris assez vite une option différente. Un mix. Comme Will Smith dans *Le Prince de Bel-Air* qui porte à l'envers son uniforme de l'école. Moi, je garde celui du quartier en le modifiant un peu. Aujourd'hui par exemple, pantalon gris genre flanelle et chemise bleue sortie du pantalon, baskets. Il suffit souvent d'un petit détail, un détail qui change tout. Enfin...

Au téléphone, tout à l'heure, j'ai proposé à Tom de faire quelque chose. Évidemment, il a demandé : « Quoi ? », comme s'il pouvait pas avoir une idée par lui-même, alors que des idées, je peux garantir qu'il en a un bon paquet. Enfin bref, je réponds que je ne sais pas, moi, tu peux sortir jusqu'à quelle heure ? Mais de toute manière il ne voulait pas, à cause de son frère qui devait rentrer bientôt et qu'il avait pas vu de la semaine, ce sur quoi j'ai dit : « Mon œil. » Il est gamin par certains côtés ! Il fait chaud dehors et la nuit ne tombe pas encore trop tôt. On peut s'asseoir par terre, sur les pierres encore tièdes, et regarder la tour Eiffel qui clignote. Quand on en a marre, on se tourne vers Untel qui fait une figure, et puis ça donne envie d'essayer, alors on lui demande, il montre, on essaye, il remontre… À la fin, on est à peu près une dizaine au-dessus des fontaines. Je connais tout le monde au moins de vue, il y a notamment Romain, qui est dans ma classe, et dont on sait ce qu'il faut penser. Ça ne m'empêche pas de parler avec lui de temps en temps. Je crois qu'il a juste besoin d'avoir vingt-trois ou vingt-quatre ans, il sera moins con à ce moment-là. Parce qu'au fond, c'est un mec intelligent, même assez intéressant. C'est juste qu'il fait chier Tom. La discussion dévie sur tout un tas de blagues racistes, et juste après c'est les pédés qui s'en prennent plein la gueule, je ris un peu jaune. Dans quelques mois, promis, je ne rirai plus du tout. Mais tout ça c'est que du blabla.

Au retour, je passe sous les fenêtres de la famille Kertel et reste à les observer. Celle de Tom est déjà éteinte. Quelle poule, je me dis ça en haussant les épaules et rentre chez moi lentement.

Anne-Sylvie

JE ne comprends rien aux hommes. Je soupire. Peut-on être amoureuse de ces animaux-là ? Je soupire encore mais ça ne change rien. Ce que j'attends d'un homme ? Ma foi, je n'en sais rien.

Pourtant, à ce jeu-là, je me suis donnée comme il fallait. Et très jeune encore. J'étais impatiente de l'amour et je n'avais pas peur non plus. Alors j'ai sorti le grappin, et je le leur ai lancé dessus, en plein sur le paletot, hop ! comme ça.

J'avais quoi ? Seize ans ? À l'époque on savait encore être en avance. Alors à seize ans, j'ai pris un garçon au hasard et je me suis dit : Bien sûr ce serait mieux de tomber amoureuse, mais à défaut, celui-ci saura bien me dépanner. On est allés chez ses parents qui étaient allés à la messe. Appartement très chic et sombre, il faisait chaud, je me souviens des persiennes grises à demi fermées, d'une odeur de poussière et de lavande, des mignonnettes à parfum dans les armoires, même sa chambre semblait ne pas vraiment lui appartenir, elle sentait beaucoup l'eau de Cologne. J'ai dit : « Pourquoi pas dans le salon ? » Et il a rougi. Ensuite, il m'a déshabillée, et je ne pouvais pas m'empêcher d'imaginer Monsieur et Madame, accroupis sur leurs prie-Dieu, ou alors la langue tendue vers le prêtre dans une posture totalement obscène. Moi j'embrassais leur fils et leur fils m'embrassait. Ce n'était pas mal. C'est vrai qu'il y avait une belle lumière et il avait la langue très douce. Je me faisais l'effet d'une exploratrice, très peu émue au fond mais assez étonnée, curieuse, j'avais envie d'en savoir plus. J'ai attendu un moment en l'écoutant, je souriais, j'auscultais, je ne voulais plus bouger pour mieux entendre son souffle, et puis un gémissement dont on ne sait pas très bien s'il faisait partie du décorum, des choses obligatoires à faire en pareil cas, ou si ma présence y était quand même un peu pour quelque chose. Voilà ce que j'essayais de comprendre quand il a dit : « C'est fini. » Je n'ai pas dit : « Ah bon », et il a eu l'air content. Mais ce n'était pas vraiment un homme : il avait les lèvres très roses et des yeux aussi très doux. Les hommes, je l'ai su plus tard, ils sont brutaux et patauds, ils ont des doigts comme des chambres à air.

Avec lui ça marchait bien. Nous sommes partis ensemble chez des amis, du côté de Clermont-Ferrand. Ce devait être vers mai ou juin. Et le soir, très simplement dans cette grande maison, on s'est mis à faire l'amour. Tous les deux d'abord puis tous les quatre, puisqu'il se trouve qu'on était quatre. Je ne sais plus si j'aimais ça. Au début oui. Vraiment. À certains moments même, j'étais suffoquée. Réellement, je ne pouvais plus respirer et j'aurais fait n'importe quoi pour les en remercier. J'étais amoureuse. Dix secondes, une heure et parfois plus longtemps, j'étais amoureuse. Après ça, je ne voulais plus dormir, d'ailleurs je ne pouvais plus. Je restais seule, debout dans la maison en me disant : Anne-Sylvie, ne pense à rien. Tu dois rester amoureuse. C'est amusant, non ? Voilà ce que je me disais : Reste amoureuse de ces garçons qui t'ont donné tant de plaisir, reste dans cet état merveilleux. Du coup, le lendemain, au petit déjeuner, je les aimais encore bien. Et un petit peu aussi à midi, mais à sept heures ils m'ennuyaient.

Nous sommes rentrés de Clermont-Ferrand et là je n'ai plus eu envie. Ça ne m'amusait plus d'être amoureuse de nuit. En plus, ça ne marchait plus à tous les coups, parfois c'était carrément nul, impossible de tomber amoureuse ne serait-ce qu'une poignée de secondes. Donc je suis allée chercher ailleurs, avec d'autres, j'aimais toujours la première nuit, découvrir leurs formes sous les draps, c'était amusant, toujours un peu nouveau, et puis ce qu'ils allaient dire, comment ils allaient s'y prendre... Ça me plaisait encore. Quand j'en avais marre, j'inventais de nouvelles choses, des mots à dire à l'oreille, l'effet était souvent réussi. Bon, certains, c'est vrai, l'ont mal pris. Dans l'ensemble ils étaient bêtes. Ils avaient des sexes de forme étrange. Ils fumaient au lit, ils faisaient Polytechnique ou ils étaient futurs médecins et, tout de suite après, ils ronflaient dans mes bras.

Alors je me suis mise à préférer les « prolétaires », comme on disait. Ce n'est plus tellement à la mode aujourd'hui mais dans ces années-là, le prolo, c'était tout ce qu'il y avait de plus branché. Ils avaient des mobylettes et livraient *La Cause du peuple,* ou alors ils n'avaient aucune conscience politique et faisaient des tours de mobylette sans rien livrer du tout. À l'époque où j'ai rencontré Bernard, j'étais avec l'un de ceux-là. Bernard, lui, était en droit et ne trouvait pas ça très bien car les mobylettes sont interdites au Panthéon. Après l'amour, les garçons en mobylette se sentaient obligés de parler, eux. Parfois c'était bien mais jamais très intéressant.

Dans l'escalier, je m'arrête devant un miroir accroché au mur du premier étage. Je ne suis pas tellement bien. Je tombe un peu. J'ai l'air d'une grosse vache. C'est sûrement à cause de la pizza. Trop de pizza au cocktail, je me suis goinfrée. Enfin non, c'est pas la pizza puisque c'est la peau qui tombe, parce sinon, je n'ai pas de ventre. Pas de cuisses non plus. Les plats italiens ne font pas tomber la peau.

D'un pas décidé, j'avance dans Paris. Tiens, c'est joli, cette phrase. Mes talons font *clac-clac-clac*, ce sont des chaussures Exécutive. C'est ce que j'ai de plus « entreprise » et ça tombe bien, puisque c'est là que je vais, dans une entreprise, et une grosse encore, celle de mon directeur financier. Eh oui ! Je me suis décidée. Il travaille dans le 15e, à la limite d'Issy-les-Moulineaux, où on trouve tout ce que Paris compte de consortiums médiatiques. En bas dans le hall, je m'assois sur un canapé et prends un air intéressé en lisant les comptes rendus d'assemblée générale des actionnaires. Je suis juste en face de l'ascenseur. C'est vrai que ce serait plus simple de monter directement, plutôt que d'espérer le voir descendre. J'ai prévu une repartie au cas où il me trouverait là. Après une demi-heure à attendre, je ne peux vraiment plus faire semblant d'être un petit porteur, ni même une petite porteuse, alors je décide de tenter ma chance au culot, et m'annonce à l'accueil qui m'ouvre sans difficulté les portillons de verre. Flûte ! Je suis bien avancée, c'est à quel étage ? Au hasard, je monte au quatrième, l'étage de la direction. Je fais plusieurs bureaux quand tout à coup je l'aperçois, ce qui me fait perdre mes moyens d'une manière incompréhensible. Je me dis : Anne-Sylvie, c'est ce que tu voulais, n'est-ce pas ? Je m'ordonne d'avancer pour lui parler, il ne m'a toujours pas vue, mais au dernier moment je renonce et vais m'enfermer dans les toilettes. Là, je me lave les mains trois ou quatre fois, le temps de réfléchir, mais impossible, impossible de sortir des toilettes, impossible d'aller le voir. Pourtant je réessaye une fois, je me motive, me dis allez, allez. Rien à faire, je bloque, je coince, j'ai les mains qui tremblent. Alors je passe la tête par la porte pour vérifier qu'il n'y a personne, cours jusqu'à l'escalier de service, sors du bâtiment et finis par m'écrouler sur le premier banc hors de portée. Bon.

Toute la journée, je frissonne. Pour essayer de me calmer, je reprends la Mini jusque dans le 16e et me sens déjà plus au clair. Je sais ce qui s'est passé, c'est très simple : je suis fatiguée par les courses, par la vie, par Thomas et par Bernard. Les mains sur le volant, j'inspire profondément plusieurs fois de suite, puis je souffle très lentement. Ce n'est pas un échec. Il va voir, mon directeur ! Ce qu'il me faut c'est juste du calme, de la détente, et penser un peu plus à moi.

D'ailleurs, je commence tout de suite, gare la Mini, m'arrête au kiosque à journaux pour acheter une revue ou deux, et commande un Vittel-fraise à la terrasse d'un café, ou plutôt non, un Vittel tout seul. Et comme on me regarde depuis la table d'à côté, je me dis que je suis très sotte et très jolie.

À ce moment-là, qui je vois passer ? Mon Thomas ! Avec un garçon. Je regarde ma montre :

onze heures trente, c'est une drôle d'heure pour être dehors. Son ami est assez joli, il a l'air de bonne famille. Finalement, il n'est peut-être pas si empoté que ça, mon Thomas. Je me dis que c'est l'occasion d'être une mère sympathique et jeune à en faire baver d'envie ce petit-bourgeois. Alors je vais les rejoindre, le pas juste assez empressé. Un peu avant, j'ai fait un signe au serveur pour lui dire que je revenais *tout de suite,* et non pas simplement *de suite* comme il se plaît à le répéter à tout bout de champ.

– Thomas-Thomas-Thomas-Thomas-Thomas-Thomas ! Tu ne présentes pas ta mère à ton petit ami ?

Il pique un gros fard, j'ai tapé dans le mille. Qu'il est bête ! Il fait l'idiot :

– Cyprien, ma mère, Anne-Sylvie. Maman, Cyprien, un copain, voilà.

– Charmant, tout ça, charmant. Bon, j'imagine que vous allez en classe tous les deux, enfin, vous en prenez le chemin. Non ?

Je suis assez ironique. Je suis douée pour l'ironie. Il me regarde par en dessous, il a dû voir faire ça dans une série américaine, des *kids* sur leurs *bikes* qui font des bêtises (comment ça se dit en anglais ?). Et comme ils se font gronder, ce qui est normal, ils prennent ce petit regard en dessous qu'essaye d'imiter Thomas à l'instant où il me dit :

– On sèche maman, ça paraît clair, non ?

Ce petit idiot m'agace et puis c'est pas le jour, je lui enverrais bien une tarte, mais il en profite parce qu'on est pas seuls tous les deux. Je respire un grand coup. L'objectif n'est pas de s'énerver. Je réponds :

– Oui, j'en ai l'impression. Eh bien, soit ! Ça ne me dérange pas. Tenez, moi aussi quand j'ai un peu le blues (enfin, ça n'arrive jamais mais une ou deux fois peut-être, pour des choses importantes), eh bien, je fais comme vous. Je sèche. Et je vais m'acheter des vêtements à la Samaritaine. Tenez, voilà vingt euros, vous vous les partagerez. Et puis non, vingt euros chacun.

L'ami de Thomas proteste, il est assez adorable, mais on ne sait jamais trop à quoi s'en tenir avec les regards un peu profonds. Thomas, lui, a déjà pris son billet, mais convaincre son ami est plus difficile :

– Si je vous dis que vous pouvez les prendre ! Allez, maintenant filez, vous avez quartier libre ce matin, je vous ferai un mot pour l'école.

Je retourne à ma table et les regarde partir. Ils

doivent se dire : Elle est trop cool, ta mère. Ouais, avec leur langage d'ados, leur façon de traîner sur les mots, ouais, ta mère est trop cool. Enfin je crois que c'était une bonne idée. Ça m'a coûté quarante euros, mais il faut considérer que c'est un investissement. Et puis allez, on n'en manque pas. Est-ce qu'Alban sèche aussi les cours ? De toute manière, il est intelligent, il réussira toujours. Oh ! et puis je m'en fiche, voilà, l'école, c'est *old school.* Il fait chaud.

– Garçon ! un autre Vittel, s'il vous plaît. Oui, c'est ça, de suite.

J'ouvre mon magazine à la page Cuisine ce qui m'angoisse un peu. Est-ce que je mange *vraiment* bio ? Je penche la tête en arrière car il y a un rayon de soleil qui descend sur mon front. Je recule ma chaise pour bronzer un peu, mais j'ai peur que ça fasse une drôle de marque. En triangle. Je me contorsionne, le cou bien haut, et puis je bouge souvent la tête pour bronzer partout de la même manière. C'est assez fatigant, d'autant plus que je continue de lire en même temps. À la page Santé, je m'aperçois qu'il est dangereux de trop solliciter son cou, surtout le matin, qu'il faut d'abord s'échauffer et faire des exercices.

Est-ce que je n'aurais pas trop sollicité mon cou ? Je veux dire, à l'instant. Comment savoir ? C'est vrai qu'en cherchant un peu, je ressens comme une douleur... Mince, il faut que je prenne un rendez-vous chez le kiné.

Page 80, les annonces. L'une est vraiment intéressante. Je sifflote : vraiment intéressant tout ça, je tape sur le magazine en pensant : Anne-Sylvie, ma chérie, nous voilà sur une bonne piste, et je me dis : Nota bene, il faut absolument choper Thomas après son contrôle de maths et lui en toucher deux mots. Il a intérêt à être sage.

Thomas

CYPRIEN Hesnaud délire complètement. Je me lève et crie : « Cyprien Hesnaud délire complètement ! » Dans la rame, tout le monde est sur le cul. Il faut dire qu'il y a peu de gens et que tous les voyageurs sont déjà assis. Il me tire par la manche et s'entraîne à rougir, il est nul, c'est mon pote. Je répète encore, très fort : « Tu veux qu'on achète du quoi ? » en faisant tourner mon poignet autour de mon oreille. Du shit. Il veut qu'on achète du shit. Je fais un rapide sondage auprès des gens qui nous entourent : « Le shit, vous êtes pour, vous ? » Et comme personne ne répond, je me rends compte que la drogue, ce n'est plus ce que c'était. Du coup, même si ça ne me branche qu'à moitié, je dis : « Pourquoi pas. »

Du shit, donc. Le lendemain, on décide de

sécher le matin pour l'occasion. Je me suis fringué comme un dealer, ça inverse les rôles. Au début, je voulais m'habiller comme un acheteur d'herbe, mais je ne sais pas très bien ce que ça donne. Cheveux longs et sorte de tunique, j'imagine, alors je cherche des vêtements dans le placard d'Alban qui ne m'en voudra pas, mais rien n'est vraiment convaincant et j'aurais voulu son avis.

Ça me stresse un peu, sur le chemin, cette histoire de code vestimentaire ; à tous les coups, je tombe à côté. En plus, on rencontre maman qui fait son intéressante en nous donnant de l'argent. Elle ne sait pas ce qu'on va en faire. Bref. Je respire. Cyprien a l'air sûr de lui. Je pense qu'il assure. « T'assures, hein, Cyprien ? Hé, Cyp, tu m'écoutes ? » Il dit que oui, que c'est bon, qu'on va s'calmer parce qu'on va pas non plus acheter du crack. Je m'arrête de marcher : « Tu te fous de ma gueule ! Parce qu'en plus il vend du crack ! » Il se retourne et je me sens bizarre. J'ai l'air con d'avoir dit ça. Je suis vraiment nul. Comment faire pour pas être un nul ? Je pense qu'il faudra que je parle devant le dealer. Au moins une phrase, pour ne pas avoir l'air de rien y connaître, même si j'y connais rien. Alban, lui, il sait ce genre de choses. Ce soir, j'irai le voir dans sa chambre, je lui dirai : Hé, ça te dit un p'tit pêt' ? Ou juste un stick. On le fumera dans ma chambre. J'espère qu'il sera là.

Avant d'arriver, j'ai juste le temps de me poser une fois de plus la question : qu'est-ce que je fous sur cette putain de Terre ? Bon à rien, Thomas. Il faut toujours tout m'expliquer. Je dis à Cyprien : « Hé, merci, au fait. » Il répond : « De quoi ? » Fallait s'y attendre, il est normal, lui. Et comme j'ai pas envie de dire merci d'exister, je dis seulement : « De rien. » Mais en y réfléchissant, je m'aperçois que c'est la même chose.

Merde, ça ne se passe pas comme prévu. On attend à Beaugrenelle entre les tours. Personne ne vient. Et puis un mec arrive. Trois ans de plus que nous à peu près, comme dit Cyp, il a pas traîné pour grandir. Impressionnant. Il parle à peine, mais je suis presque détendu. Je scotche et j'oublie de donner l'argent, alors je reçois un coup de coude. Je dis un truc ou deux, plutôt bien senti en fait. Miracle. Je lui demande s'il habite ici. Il répond : « J'ai toujours habité dans une tour. » Et puis il se casse et nous aussi, pour partager le shit dans un parc.

– On s'en fume un p'tit, Cyp ?

– T'es taré, avant le devoir de maths !

Et là je comprends plus rien. En retournant au lycée, je me demande si les maths sont plus cool que le shit, ou bien.

Dans la salle de classe, je termine l'exercice numéro un, puis les deux et trois en dix minutes. Je lève les yeux de ma feuille, Romain souffle à ma droite. Sale con. Tant mieux si tu te prends une tôle. Ensuite, je regarde les arbres dehors en me disant que c'est ça le mois de mars, et d'autres trucs profonds et fatigants. Alors, petit à petit et à cause d'Astrid assise juste devant moi, je me mets doucement à partir. Très vite, ça devient réel, ça arrive, je m'y trouve vraiment sur cette plage avec Astrid. Je sais qu'elle a une maison sur le bassin d'Arcachon. Sans doute ses parents m'ont invité et on passe des vacances ensemble. Dans le soleil, dans les dunes, elle regarde les bancs de sable et je regarde ses mains. Sur la feuille, sur la plage, les mêmes. Elle hésite, porte une main à son visage. « J'applique le théorème de Pythagore ou je vais me baigner avec Thomas ? » Sur ma feuille, dans la marge, j'écris « Avec Thomas », je regarde une minute l'inscription, mon écriture, ma main à moi, et ensuite j'efface.

– Pssst !

– Quoi ?

– Passe-moi ta feuille.

– Quoi ?

– Passe-moi-ta-feuille-im-mé-diat-ment.

Je passe ma feuille à Romain. Connard. Faut pas dire merci. Mais j'ai pensé trop vite et il dit : « Merci, le Bec. Hé, t'oublies pas, faut pas qu'tu te reproduises. » Je sais bien. Comme des élèves gloussent dans mon dos, le professeur crie : « Silence, on ne bouge plus » (je pense qu'elle rêvait d'être flic quand elle avait douze ans), je peux toujours courir pour espérer revoir ma copie. M'en fous. Astrid n'a pas bougé. Il m'a appelé le Bec. Astrid ne m'appelle jamais comme ça. C'est un surnom dégradant mais qui se modernise. Entre autres variantes, il y a le Ceb, c'est du verlan mais c'est trop gentil, et le Queubé aussi. Ces deux-là me dérangent moins, j'encourage discrètement leur emploi au détriment du Bec. Mais c'est Romain qui choisit, et le Queubé, l'Académie de la Grande Cour a tout de suite beaucoup moins aimé. C'est moderne, bien sûr, mais moins imagé que le Bec. Avec le

Bec, on sait où on va. C'est pas la moitié d'une insulte, aucun doute là-dessus. Le Queubé, bon, ça frise trop le sympathique, on sait pas bien ce que ça veut dire.

Après le devoir, je traîne un peu avec Cyp devant un magasin de jeux vidéo, et on reparle du dealer. Il paraît qu'il a aussi de la coke. L'hallu. Moi, je ne me sens pas vraiment concerné par ce truc, j'suis trop jeune. Si je dois prendre de la coke, ce sera plus tard. Et puis je pense que j'en prendrai pas. Cyp croit que c'est pas une question d'âge, mais une question de moment. Il a répété « de moment » et a poursuivi :

– Pour l'instant j'en ai pas envie, parce que j'aime bien ma vie comme ça. Mais si ça se dégrade, j'veux dire, s'il y a un truc qui plante, j'en prendrai une fois, pour voir.

J'ai dit :

– Ça sert à rien d'en prendre juste une fois.

– Ça sert à rien d'en prendre tout court.

Je rentre un peu perplexe à la maison et trouve Alban qui mate la télé. Il a de nouvelles pompes de skate. Je lui dis qu'elles sont vraiment super.

– Merci, p'tit frère. J'ai une nouvelle planche aussi. Je te la montre.

On va dans sa chambre et il me laisse prendre

la planche. Elle est vraiment trop classe. J'ai une sorte de révélation. Un truc biblique, la lumière, alléluia. Je veux être skateur. Ça c'est cool. Skateur professionnel. Mais j'y arriverai jamais. Je demande à Alban s'il veut bien m'apprendre. On s'assoit sur son lit pour regarder des magazines Streetwear. Il dit :

– J'vais me mettre au graff.

Je trouve ça génial.

C'est comme ça qu'il faut être, j'en suis sûr maintenant. La vie c'est ça. La vie, c'est le graff et le skate. Enfin, dit de cette manière, ça paraît un peu con. Mais je me rends compte que l'esprit me plaît, je me sens déjà graffeur. Pourquoi j'ai pas eu l'idée tout seul ? On parle un peu. Il paraît qu'il a déjà volé plusieurs bombes de peinture noire mais qu'il lui en faudrait d'autres. Quand il les aura, il descendra la nuit dans le métro.

– Ah ouais ! je dis. Et comment ?

Apparemment, il y a deux méthodes. La plus logique, c'est de rester dans une station après la dernière rame et d'attendre que les grilles des entrées se ferment automatiquement. Ça paraît simple a priori. Le problème, évidemment, c'est que les chefs de station font des rondes avant de partir, et ils connaissent très bien tous les couloirs. En plus, un graffeur sur un quai de métro, ça se voit comme une mouche sur un crâne chauve (c'est une expression d'Alban. Classe, non ?). La seconde méthode est plus sûre, mais il faut s'y connaître un peu. Il y a des trappes à la sortie des conduites d'aération un peu partout dans les rues. Au début, elles ont été construites pour Marilyn Monroe, mais maintenant, on ne s'en sert plus que pour aérer. Il faut bien les connaître, pour savoir où elles atterrissent et si c'est pas trop casse-gueule. Une fois dans le tunnel, on n'a plus qu'à peindre son nom avec une belle graphie. Il faudra que j'me trouve un nom. Alban, lui, c'est Add. Je demande :

– Ça veut dire quoi ?

– Mais rien... C'est juste une signature comme ça. Le but du jeu, c'est qu'on voie ton nom partout, tu piges ? Dans les endroits les plus barj', style, là où on pourra même plus les enlever après.

Alban a continué à m'expliquer. Il a sorti d'un tiroir un gros stylo à peinture, mais ça a un nom ce truc-là, enfin bref. Il s'en sert pour les tags. Ah ouais, un Posca, c'est ça. Les bombes, c'est uniquement pour les graffs. Il me raconte qu'il fait partie d'un crew qui s'appelle AFX. Un crew, c'est une équipe, un team de graffeurs. Une bande. Et y a des codes aussi, entre les crews. Par exemple, quand tu peins à un endroit interdit, style dans un dépôt de trains, t'as pas le droit de recouvrir le graff de quelqu'un d'un autre crew. En revanche, si c'est sur un spot en extérieur, comme dans une usine ou sur une autoroute, là tu peux repeindre par-dessus, à condition de faire mieux.

Je le supplie de m'emmener la prochaine fois. Il hésite. Ça peut être un peu dangereux.

– Mais tu comprends pas que c'est trop ce que je veux faire !

Ça l'amuse que j'aie dit « trop ce que je veux faire », parce qu'il dit toujours *trop* dans toutes ses phrases. Comme ça rend pas mal, je le fais aussi. D'habitude, je ne le dis pas devant lui pour pas qu'il pense que je l'imite, mais ça m'a échappé. Enfin bref, je lève les yeux en soupirant.

– Alors tu m'emmèneras ?

– OK.

Je l'adore. J'ai envie de lui dire : Comment on fait pour être comme toi ? On reparle de sa nouvelle planche et il me montre une page du magazine, quatre photos qui décomposent un mouvement pour faire tourner la planche sous ses pieds. Il m'explique comment on procède. Un type lui a montré au Trocadéro. Et puis je me rappelle le shit que j'ai dans ma poche et lui en propose.

– T'as acheté du shit ? À qui ?

– Au mec de Beaugrenelle.

– Ah ouais ? À Franck ?

Je me rends compte que je ne connais pas son nom, ce qui ne m'empêche pas de dire :

– Ouais, à Franck. Enfin je crois. Il est sympa ce mec-là, non ?

– Il bosse au bureau de tabac du coin, c'est pas très glorieux.

– Oui mais, il est sympa ?

– Il sert pas mal.

– Pas mal de quoi ?

– Ben de shit, idiot, de quoi d'autre ? Ce que je veux dire c'est qu'il est réglo. M'enfin bon... Pas très intéressant quoi.

Je suis un peu triste d'apprendre que mon dealer s'appelle Franck et qu'il n'est pas très intéressant. Je me demande si un dealer doit aussi être vaguement philosophe. Peut-être qu'un bon dealer, ça réfléchit beaucoup, que ça distille des messages plus ou moins subliminaux, des trucs sur le code de la rue, par exemple. Je le voyais un peu comme ça, Franck. J'ai encore dû me planter.

Alban me demande pourquoi j'ai acheté du shit, mais je ne comprends pas très bien le sens de la question. Je réponds :

– Pour fumer.

– Ben évidemment pour fumer, nigaud ! Mais t'aurais pu acheter de l'herbe ! Le shit, c'est dégueu.

Je ne réponds rien, hausse les épaules. Je pense qu'il faudra qu'on parle plus souvent tous les deux sinon je vais jamais m'en sortir.

Maman entre et ressort de la chambre. Deux secondes passent et la revoilà, elle me demande si j'ai pas du travail.

– Enfin peu importe, dit-elle, de toute façon, il faut que je te parle.

Elle a l'air très excitée. Elle dit à Alban, qui regarde toujours son magazine :

– Tu ne viens pas embrasser ta mère ?

Alban fait un bisou dans le vent en disant « Si si » sans tourner la tête, maman m'entraîne jusqu'à ma chambre.

– J'ai une chose très importante à te dire, Thomas.

On entre et elle ferme la porte. Elle a une tête

à comploter, j'aime pas ça. Je ne sais pas où m'installer, j'essaye sur une chaise d'abord et puis sur le lit, mais ça ne va jamais, cette chambre n'est plus chez moi tout d'un coup. D'ailleurs, je ne m'y sens chez moi que tout seul.

Elle commence à parler de divers trucs, une voyante, une amie, un magazine et des annonces, je la regarde et tout d'un coup j'ai peur. Qu'est-ce que je ressens pour elle ? Qu'est-ce que je ressens pour ma mère ? Une sorte d'intuition : on n'a pas le droit de se poser ce genre de question sur sa mère. C'est interdit, ça, il n'y a que les malades qui pensent ça. Je prends une respiration un peu plus grande et cherche à me concentrer sur ce qu'elle dit, mais je n'y arrive pas. Je suis coupable de ne plus l'aimer. Avant, je l'adorais trop et puis voilà. Maintenant, c'est terminé.

Petit à petit, j'arrive à me concentrer, j'accroche quelques mots. Elle dit que ma vie va changer. Mais qu'est-ce qu'elle raconte ?

Anne-Sylvie

J'AVAIS pris l'habitude de consulter une voyante à Passy, de temps à autre. Mais je voulais en voir une nouvelle car j'avais une chose à vérifier. Une annonce, dans un magazine que j'avais lu, garantissait la disparition des becs-de-lièvre et autres cicatrices par une méthode nord-africaine. Moi, celui de Thomas, je n'arrive pas à le supporter. Il me rappelle trop de choses, et puis c'est vrai que ce n'est pas agréable de se promener avec un garçon qui n'est pas très joli, et de le présenter comme son fils. Alors, c'est exact, je me suis dit, ça m'arrangerait quand même bien si ça pouvait marcher. Mais d'abord il fallait vérifier, parce que s'ils le charcutaient, ce serait peut-être pire et j'aurais l'air maligne.

J'ai pris l'adresse de la voyante. J'ai regardé sur un plan mais je n'y comprends rien aux plans, alors j'ai demandé à quelqu'un s'il connaissait la tour Estelle. Le quelqu'un en question me regarde comme si c'était sur la lune, alors je tourne les talons en faisant claquer ma langue, qu'il comprenne bien que son attitude m'agace. Au bar-tabac du bout de la rue, ils doivent savoir ça, le gérant aura sûrement été taxi dans sa jeunesse ou avoir eu une passion idiote comme d'apprendre les rues de Paris par cœur. Il y a la queue jusque sur le trottoir, alors je dis pardon-pardon et je passe, je fais un beau sourire au jeune buraliste, remarque au passage qu'il a des biceps très lisses et très beaux couleur pin maritime.

– S'il vous plaît, vous ne sauriez pas où se trouve la tour Estelle ?

Il prend un air méfiant et étonné pour dire :

– Si. À la Défense.

Je remercie vite et je m'en vais. La Défense, c'est bien. Les banques, les administrations, la tour EDF, je connaissais quelqu'un qui travaillait à EDF. Et puis, j'ai un cousin dans l'Arche. L'adresse donne assez confiance.

Je fais ni une ni deux et je file dans le métro à cause de ma Mini qui est encore en rade. Quand même, je me sens un peu stressée. En plus, il est déjà tard et voilà ce qui arrive. D'abord, je prends la ligne verte direction Mairie de Montreuil, mais à Saint-Philippe-du-Roule, je me rends compte que j'ai raté la correspondance. Bravo ! Ça m'énerve, ça m'énerve ! Alors, je ne sais pas ce qui m'a pris, j'ai continué sur la verte pour couper la bleue et revenir à la jaune. Je me suis dit : Cocotte, tu gagneras du temps. Tu parles. Je prends la bleue et je m'installe, mais je me rends compte que c'est un mauvais calcul. À Villiers, je suis déjà partie depuis un moment, et voilà qu'on me colle un accident voyageur. Un suicide sur la bleue ! Manquait plus que ça. On attend, il fait chaud, c'est très angoissant, les gens puent. Je lève la tête et mon regard tombe sur un mini-plan pendant que les portes se referment. Je vérifie les trajets possibles depuis Villiers et m'aperçois qu'il y a une correspondance avec la verte, alors vite je sors, pardon-pardon mais enfin pardon, quoi ! Et arrivée sur le quai, je regarde mieux : c'est pas la même verte.

Tout cela fait que j'arrive très tard sur le parvis de la Défense, et en RER en plus. Pour trouver, ça n'a pas été évident. À vingt et une heures, il n'y a plus personne à qui demander. C'est désert. Juste des groupes de pingouins qui n'y connaissent rien au quartier. C'est qu'ils ne vivent pas ici. Quelques tours sur le parvis et j'aperçois une machine verte qui me renseigne quant à l'emplacement de la tour Estelle. Il faut remonter jusqu'à l'Arche, puis la contourner par la droite dans le secteur E5, ensuite descendre un escalier et traverser une sorte de bretelle urbaine. Un passage souterrain est prévu à cet effet. Comme de bien entendu, on n'est pas arrivé. Un autre escalier et je me perds dans un parking, les pneus qui crissent me font sursauter, les haut-parleurs diffusent Goldman mais ça ne me rassure qu'à moitié. Finalement, je tombe sur une cabine où un gros type de la sécurité met beaucoup de temps à répondre à mes questions. Je lui trouve un sourire malsain, ce qui me stresse encore plus. Il me demande :

– Qu'est-ce qu'on fait là, ma p'tite dame ? On s'promène ? Faudrait voir à pas trop traîner la nuit par ici. Avec moi, vous risquez rien, mais j'suis pas tout seul dans le coin.

Quand je lui dis que je vais à la tour Estelle, il me demande si je suis sûre, vraiment sûre que je ne confonds pas, et il m'indique un nouveau trajet (« Ce sera mieux pour vous, ma p'tite dame »), qui passe par des coursives et des jardins. Je suis déjà repartie mais ça-va-ça-va, pas la peine de m'accompagner, enfin j'arrive au pied de la tour.

Là-bas, pas d'ascenseur, j'atteins le cinquième complètement exténuée. Impossible d'aller plus loin. Il y a de la musique derrière une porte, je sonne et elle s'arrête. J'essaye une nouvelle fois mais pas de réponse, alors je fais toutes les sonnettes du palier puis monte encore deux étages. Septième. Encore onze étages, c'est impossible. Je m'assois sur les marches et pique une crise de nerfs. Je me mets à crier : « Y a pas un ascenseur dans cette cage à lapins ! » Ce n'est pas très malin d'avoir dit ça, mais je suis tellement à bout que je rajoute pour moi-même : péquenauds ! Là-dessus, un vieux type sort de son appartement en me tendant la main, hors de question que je me laisse toucher par ce bonhomme. Il me fait signe d'entrer chez lui, mais il rêve, celui-là ! Je lui dis :

– Je veux juste trouver un foutu ascenseur.

– Ah ! le monte-charge ?

– Et puis quoi encore ? L'ascenseur !

Le type retourne dans son appartement et ferme la porte. Je crois rêver. Il se prend pour qui ? Alors je tambourine à sa porte jusqu'à ce qu'il ouvre de nouveau.

– Faut pas s'énerver comme ça, j'allais juste chercher les clés.

Et il ferme le verrou. Je le suis jusqu'au bout d'un couloir et entre dans un wagon à bestiaux qui monte et qui descend.

– Vous voulez pas monter avec moi ?

Mais la porte se ferme sur son drôle de sourire.

Je respire un grand coup en appuyant sur le bouton 18. Là-haut, la vue est vertigineuse. Je sonne et la voyante me demande :

– Qu'est-ce que vous faites là ?

– D'après vous ?

– Sais pas, y a tellement de malades.

J'essaye de me calmer et réponds en souriant :

– Eh bien, je viens vous consulter, madame, c'est pas si compliqué.

Elle se retourne en soupirant :

– C'est pas vrai, des gens pareils, non mais c'est pas vrai...

Comme je reste sur le palier, complètement interloquée par l'attitude de cette vieille folle, elle tourne la tête et dit :

– Et alors, elle vient ?

Puis disparaît dans une pièce en geignant

qu'on est pas des bœufs. J'hésite à partir mais, après tout ça, je n'ai même plus le courage, alors je rentre dans son appartement moisi pendant qu'elle se prépare.

Ensuite, ça va mieux, j'arrive à mépriser cette vieille chouette et reprends mes esprits. Elle commence à tirer les cartes. Ça a l'air pas mal.

– Vous allez réussir votre prochaine entreprise, dit-elle. Vous avez un fils, hein ? Il y a des projets autour de lui... Très bien ça, très bien.

Tout de même, elle ne paye pas de mine, mais elle connaît son métier. J'ai bien fait d'en prendre une nouvelle, celle que je voyais à Passy n'a jamais été foutue de me trouver un avenir correct. Je dis :

– Oui, en effet, il doit subir une opération.

La voyante pense que ce pourrait être ça. Elle continue à découvrir les cartes une à une.

– Tout ce que je peux dire, c'est qu'il y a des choses autour d'un garçon. De bonnes choses. Mais, attendez une seconde. Ça, c'est pas bon, cette carte-là, c'est pas bon. S'il y a un bonheur, il y aura aussi un malheur. Peut-être qu'il y a déjà eu un malheur...

Je réfléchis, mais ne vois pas vraiment. Je bafouille que je ne sais pas, que peut-être, mais cette idiote s'est déjà levée et quitte la pièce mollement en me disant de laisser l'argent sur la table, puis j'entends la télé qui s'allume dans la pièce d'à côté.

Sur le chemin, en rentrant, j'ai confiance.

Thomas

ANNE-SYLVIE s'est cassée toute la journée pour faire des trucs ésotériques. Accroupi dans la rue, je regarde Alban-de-Bricole et j'ai un air dans la tête :

– *Oh ! I was seventeen...*

– Chut, tais-toi, s'te plaît.

– *When I heard the countdown start, it started slowly...*

– Mais ! tss...

– *I thought it was my heart and then I realised...*

– Mais, Thomas, tu vas la fermer, oui !

– Oh, c'est bon ! Si tu mettais pas autant de temps...

– Tsss.

– Tsss.

– Et puis, c'est quoi cette chanson naze ? Ça date d'il y a mille ans... C'est quoi ? Pulp ?

Tout à coup, je m'arrête de chanter et tourne la tête pour demander :

– Ah ouais ? C'est naze, Pulp ? Je croyais que non.

Alban continue à trafiquer avec une clé à molette.

– Ben, c'est pas que c'est naze, c'est juste que c'est vieux.

– Ah bon ?

– Mais allez, laisse tomber, t'as qu'à continuer si t'as envie.

Je n'ai soudainement plus envie, mais j'aimerais bien que ça ne se sache pas. Je me force à siffloter une minute (quel est le con qui a décrété qu'il fallait siffler pour avoir l'air à l'aise ?). Finalement, quand je pense avoir assez brouillé les pistes, je peux enfin me taire. Alban est plié en deux sur un caddie Leclerc. Aujourd'hui au programme : descente de la rue du Ranelagh dans le kart officiel d'une entreprise de la grande distribution. On est sponsorisés, en quelque sorte. Avant, bien sûr, petite séance de tuning. Ajout de freins, de lampes, on est jamais trop prudent. C'est moi qui ai eu l'idée. Ensuite, peut-être, un autoradio, mais on n'en est pas là.

En début d'après-midi, on est passés à Leclerc

avec une pince-monseigneur, ce qui n'a même pas été utile puisqu'il y en avait plein, des caddies, plus ou moins abandonnés dans les rayons. En face des poissons, Alban a dit :

– Un caddie avec seulement deux articles à l'intérieur, c'est un caddie en passe d'être plaqué, et ça, c'est révoltant. Si au bout de dix secondes son propriétaire ne s'est pas manifesté, on est légalement en droit de virer les miettes de crabe et le PQ pour se barrer avec. OK ? Compte dans ta tête.

Je joue le jeu. Avec Alban, on rigole toujours. Je demande :

– Il y en a beaucoup d'abandonnés comme ça ?

Alban prend un air grave, se rapproche de mon visage et dit doucement :

– Énormément.

Il regarde à droite et à gauche.

– Surtout pendant les vacances.

Alors on se barre avec le caddie. Je me dis que quand même, on aurait peut-être pu demander, ou même payer un euro. C'est seulement un euro le caddie, je trouve ça déjà pas très cher, mais il paraît qu'on s'en bat les couilles et puis dépêche-toi, donc je me dépêche.

L'idée d'Alban est de se mettre dedans avec le caméscope. Enfin, c'est plutôt une DV qu'un caméscope. Papa la lui a achetée la semaine dernière. Trois mille euros, c'est classe. Ils vont faire un film avec ses copains et ils ont besoin d'un travelling, alors on est allés gauler ce truc et on le bricole. Enfin, il le bricole. J'essaye d'aider comme je peux, mais je ne suis pas très manuel. Par contre, j'ai parfois des idées :

– Il faudrait mettre une sorte de bras articulé pour la DV.

– Ouais, t'as raison, et puis la prochaine fois on prend un car régie, ce sera plus simple.

C'est une blague, mais si ça se trouve, avec Serge... Je lève un sourcil et puis finalement non, j'me tais.

Alban trouve que je ne suis pas assez dur avec maman. Il dit que je me fais avoir sur toute la ligne, et depuis toujours. Il doit avoir raison. C'est-à-dire que je ne fais pas ce qu'il faut. Ça s'était un peu arrangé avant que je me coupe la lèvre. C'était con, je croyais faire plaisir. C'est vrai que depuis, c'est encore pire, elle veut même plus la regarder. Je ne sais pas trop quoi penser.

Avant, c'était différent, quand j'étais petit, je trouvais qu'elle était froide. Je crois qu'elle l'était, elle a toujours préféré Alban, ça, je m'en suis rendu compte très vite. Mais je ne lui en veux pas. Enfin, je ne lui en voulais pas. C'est vrai qu'elle n'est jamais tendre. Même quand j'étais petit, elle ne voulait pas me prendre dans ses bras autrement qu'en soupirant, et puis deux minutes, pas plus. Sûrement, je suis un peu gosse aussi, genre poule mouillée et tout. Mais depuis mon anniversaire, j'en ai marre. Quelque chose a changé, c'est sûr. Je n'ai plus envie de la voir, je ne l'attends plus comme avant. Ce qui est bizarre, c'est que j'ai l'impression de comprendre tout ça très nettement, alors qu'avant, je ne faisais que ressentir.

Je dis à Alban qu'il doit avoir raison. Il répond :

– Hein ?

Je répète qu'il a raison.

– Bien sûr. À propos de quoi ?

– De maman.

– Ah, tu penses à ce que je t'ai dit tout à l'heure. Ouais, enfin je disais ça mais je m'en fous, moi. Tu fais ce que tu veux avec elle. Je dis juste qu'elle est aussi nulle avec toi qu'elle est mielleuse avec moi, c'est tout. Faut que tu réagisses, p'tit frère. Faut pas te laisser faire. En plus, elle est à moitié folle.

– Tu devrais pas dire ça.

– Oui eh ben, c'est ce que j'pense.

Alban a fini de visser. On décide qu'on testera le caddie demain, et on remonte doucement vers chez nous. Je lui demande :

– Et papa ?

– Papa, il m'a acheté une caméra DV, je peux pas dire que c'est pas cool. Faut que tu demandes des trucs aussi, avec tout leur fric, ils peuvent bien t'acheter ce que tu veux de temps en temps.

– Quoi par exemple ?

– Ben, j'en sais rien, t'as eu quoi pour ton anniversaire ?

– Une robe de chambre.

– C'est nul.

– C'est vrai que c'est un peu nul, mais j'avais rien demandé aussi.

– Ben, il faut demander, t'as qu'à... J'sais pas... un ordi...

À l'angle de l'avenue d'Auteuil, Alban suit une fille des yeux. Je lui dis :

– Elle est carrément bien !

– Normal, c'est mon ex.

– Non !

– Si. Mais elle est chiante.

– Vous êtes plus ensemble ?

– Non.

– Et pourquoi ?

– Parce qu'elle parle trop de politique.

– Donc, comme elle parle trop de politique, t'es plus amoureux d'elle, c'est ça ? Elle parlait vraiment que de politique ? J'crois que tu délires, là...

– Bon, écoute, elle parlait pas que de ça, mais j'aime pas la politique, c'est chiant, et puis ils sont tous pourris et voilà. Elle, c'est une écolo de base... Enfin, tu comprendras quand tu seras à la fac...

– Elle en parlait tout le temps, de politique ?

– Ben... non, enfin... on en a parlé une fois ou deux.

– Deux fois ! Et t'étais plus amoureux ? C'est ce que j'dis, t'es complètement taré...

– Bon, Thomas, t'arrêtes avec tes questions. J'ai jamais été amoureux de cette fille, tu piges ?

– ...

– Elle est jolie, elle est cool, elle a des potes, voilà, c'est tout. On est restés ensemble trois mois et puis après, on en avait marre. C'est le contrat.

– Le quoi ?

– Rien. Laisse tomber.

– Ah ouais, le contrat, c'est bon, j'ai compris, le deal, quoi. Je suis pas con. Mais alors... t'as jamais été amoureux ?

– Tu me fatigues, tu comprends rien. Être amoureux, c'est nul, c'est que des emmerdes, ça te fait perdre ta liberté, tu piges ?

Le téléphone d'Alban sonne et, dix secondes plus tard, je suis seul en bas de l'immeuble. Pas bien compris ce qui s'est passé entre-temps. J'imagine qu'il faudrait que j'accroche un bandana sur ma tête comme les gens qui ont des rages de dents, pour éviter que ma mâchoire tombe. Il y a les voitures, un peu de vent. Des feuilles qui volent autour de moi. J'ai l'impression que tout est en train de bouger et que je suis dans une photo, quelque chose de figé mais qui tourne quand même, on voit faire ça dans des films. La caméra tourne autour d'une scène immobile, et puis elle s'élève et monte, monte encore et je me vois disparaître tout en bas, devenir de plus en plus petit, tandis qu'Alban descend sans se retourner par la bouche du métro.

Je m'assois sur le rebord de la fenêtre du concierge, le pied droit empêche le caddie de rouler. Vraiment, je n'ai pas envie de monter seul à l'appartement, alors je range le caddie à la cave et reprends la rue du Ranelagh vers la Seine qui m'appelle toujours quand je ne sais pas quoi faire. Mais cette fois, je lui pose un lapin et décide en chemin de passer plutôt voir Serge.

Pour tromper la sécurité, il ne faut pas se tromper, soi. Non pas qu'ils soient très rigoureux à la Maison de la radio, c'est même plutôt un moulin. Mais bon. Pour la forme, c'est mieux d'avoir une excuse. Ce n'est pas compliqué, il suffit d'un peu de mémoire. Au début, comme j'entrais par la porte A, celle de la direction, j'étais le fils de Cavada. Porte B, de Jean-Luc Hess, etc. Je me suis cru malin de changer d'excuse à chaque porte, mais je me rends compte à l'usage que c'est plus compliqué qu'autre chose. De toute manière, et comme je viens souvent, les vigiles finissent par me connaître et ne me demandent plus rien. Ils me saluent avec déférence. Une fois, l'un a dit : « Tiens, le p'tit Cavada ! »

L'autre lui a jeté son regard le plus méprisant

et a chuchoté que j'étais le p'tit Hess et qu'il comprenait rien, juste assez fort pour que j'entende. Après, il a souri comme un idiot et moi aussi, c'était parfait.

Moi, les entreprises m'ont toujours un peu impressionné. Quand j'étais petit, je ne devais pas rester tout seul à l'appartement, alors papa m'emmenait à son travail quand il passait y prendre des dossiers. Dans la voiture, on ne disait rien. Quelquefois, il demandait : « C'était bien l'école ? » ou alors il engueulait les voitures devant. Quand on arrivait à son bureau, il me déposait dans le hall en disant qu'il en avait pour dix minutes, et j'aimais bien y rester seul. Je me promenais dans les couloirs, je montais le grand escalier, le port fier, inventant cent scènes, le directeur compréhensif, le directeur exigeant, le directeur des ressources humaines. Tout existait pour de vrai.

Porte C de la maison ronde, je fais mon manège et prends l'ascenseur jusqu'au sixième. On ne m'a même pas regardé. Ensuite, il faut suivre un couloir stupide qui ne finit jamais, jusqu'à un autre couloir et un autre escalier, monter d'un étage pour trouver un autre ascenseur, plutôt lugubre, grinçant et romanesque.

J'appuie sur le gros bouton 15 qui m'emmène au quinzième. Sur le palier, des bandes sont stockées dans des boîtes en fer rondes, mais la plupart se sont fait la belle de leurs petits abris et s'entremêlent par terre. C'est le royaume de la porte coupe-feu. Sur l'une d'entre elles, on a collé un panneau rouge qui dit : « Stockage effectué sur rayonnage. En dehors, charge au sol limitée à 300 kg au m^2 ». J'essaye de la pousser, mais elle est fermée. À droite, une autre porte indique : « Programmes FI du 20 au 22 juillet 1967 – Archives écrites » et en dessous, un autocollant : « Rénovation tour Ouest, 03 576 ». Sur la troisième porte, il n'y a rien d'écrit. Elle est toujours ouverte pendant la journée et de toute manière, la clé est cachée dans une conduite d'aération. Derrière, il y a aussi des rayonnages et, au bout, une table en fer avec des vieux autocollants sur les côtés. C'est plutôt le bordel, le bureau de Serge.

Il lève la tête en me voyant arriver. Je dis « Salut, Serge », et je suis content parce que lui aussi a l'air content de me voir. Je m'assois en face de lui sur le coussin énorme d'une vieille chaise grise. Quand on s'installe dessus, on a l'impression de monter dans une Citroën qui se dégonfle. Aujourd'hui, Serge travaille à réparer les Nagra, des vieux magnétophones à bande qui ne tombent jamais en panne. Il s'occupe du vumètre et moi du son. Enfin, évidemment, je ne fais pas grand-chose, je suis simplement là pour plus de sûreté. Ça tombe bien que je sois venu aujourd'hui, qui n'est pas un jour où il classe les archives. On reste à travailler une heure environ. Souvent, je vais à la fenêtre ou je pousse la porte qui donne sur un escalier de secours en colimaçon. C'est par là que je suis monté, le jour de mon anniversaire, il conduit jusque sur le toit. Mais Serge vient me chercher et me tire par la manche avec des yeux furieux. C'est vrai que si on me voyait...

Il ne sait pas que je viens parfois quand il n'est pas là. Je connais le bâtiment comme ma poche. C'est tellement immense que j'en ai fait une cabane. J'y vais quand j'ai envie d'être tranquille. Mais je me rends compte en le disant que ce que je raconte est complètement naze, et ça m'énerve. Une cabane ! Il faut que je me dépêche de grandir, c'est ridicule une cabane ! Voilà, ça m'a énervé, et je n'ai plus envie de travailler. Je fais la tête sur le fauteuil Citroën qui marche à vent et à roulettes. Serge me capte immédiatement. Je ferais mieux d'aller me changer les idées. Il tire sur l'un des tiroirs en fer de son bureau et en sort une brochure de concerts, l'ouvre à la page d'aujourd'hui et me la donne. Il y a un truc qui commence dans l'un des auditoriums d'en bas. À en croire Serge, c'est vraiment très bien. « Ah bon, je dis, tu crois ? » Mais comme il sourit, je finis par me méfier. De toute façon, j'aime bien la musique... Et puis personne ne me verra traîner à un concert de classique un jour de semaine à dix-neuf heures.

On se serre la main et je descends jusqu'aux grands studios. Je décide de prendre les escaliers pour avoir le temps de réfléchir. Est-ce qu'Alban n'a pas raison ? À propos des filles, je veux dire. Il doit en être à sa quinzième copine, et moi je fais fausse route depuis le début. Évidemment, il y a une différence de physique, on est d'accord. Je me décide à changer de tactique et me dis qu'il est grand temps d'être moins niais ; je croise les doigts dans ma poche.

Une fois en bas de la tour, il faut prendre un couloir aux vitres en plastique avec des airs de préfabriqué. On dirait une grosse usine de l'ex-Union soviétique, ça m'étonnerait qu'à moitié qu'on fabrique des bombes derrière ces grosses portes en fonte. Je pousse l'une d'elles et le silence m'attrape. On referme après soi cette porte qui pèse dix tonnes et c'est comme si deux malabars se jetaient sur vous avec un seau d'eau et un paquet de Demake up, pour vous bourrer les oreilles de coton hydrophile mouillé. J'avance un peu dans le couloir, il y a les loges à droite, avec de grandes fenêtres plongeant sur l'auditorium. Des gens y sont assis dans de grands canapés beiges en plastique, fument des clopes avec un air concentré, un peu comme M. Spoke regarderait l'univers par la fenêtre de l'USS *Enterprise*.

Plus loin, c'est encore mieux. Il y a au moins douze personnes dans la régie, des ingénieurs du son, des techniciens, tout le monde a l'air très ému par la musique symphonique contemporaine ou alors c'est qu'ils se font chier, mais je pense qu'ils sont émus. D'ailleurs, moi-même qui ne suis pas particulièrement mélomane, je me sens un peu bizarre en m'asseyant devant la vitre, au milieu des branchements d'une console gigantesque, pour regarder l'orchestre de haut.

Je n'ai pas très envie de bouger mais à un moment il y a l'entracte, c'est-à-dire la publicité, ou peut-être est-ce la fin du concert. Par la fenêtre, dans le public qui se lève, j'ai l'impression qu'on me regarde.

De ce qui se passe ensuite, difficile de décrire l'enchaînement. Toujours est-il que je descends jusque dans l'auditorium, à contre-courant de la file qui remonte, que je cours jusqu'au premier rang où je m'arrête une seconde pour souffler, que je croise une grande paire d'yeux et puis qu'à un moment je dis : « Dépêche-toi, c'est par ici. » Alors on marche un peu vite jusqu'à une sortie derrière la scène qui donne sur un hall de théâtre et je lui prends la main dans l'escalier. Il y a partout des musiciens et d'énormes sarcophages à violoncelle, puis encore des pianos sous housse, des flûtes et des flûtistes, enfin un baryton qui me demande ce qu'on fout là, mais comme il a une voix très grave, je le suspecte d'être un peu louche, suppose qu'il bluffe et lui retourne sa question en faisant tomber un ou deux pupitres au passage. « Hé ! arrêtez les mômes ! » On se met à courir tous les deux dans la foule des instruments, le baryton à nos trousses qui tape au passage dans le dos de son pote ténor en nous désignant du doigt et les voilà qui nous poursuivent. Bientôt se joignent à eux un picolo ridicule et un tuba, vaillant malgré son pied-bot. On court en glissant à chaque virage pour gagner la cour centrale et descendre par une rampe en béton jusque dans le parking. Là, je lâche la main de la fille et on se cache derrière une voiture.

Le baryton arrive en premier, complètement époumoné, lance une phrase au picolo, puis c'est au tour du pote ténor, ils ont vraiment l'air de bien s'aimer tous les deux, après quoi, ils se mettent à inspecter les abords des voitures, mais on a déjà pris la sortie de secours, de nouveau l'escalier, puis la cour, puis le couloir en préfabriqué russe, la porte en fonte de dix tonnes, le coton, la loge, je ferme une dernière porte et j'ouvre les yeux.

C'est un autre studio, très grand, que je ne connaissais pas. Il y a au moins la place pour trois cents personnes. Rien n'est éclairé, sauf les panneaux de sortie et les lampes sur les contremarches. La fille me dit : « Ouah ! c'est mortel ici ! » Je l'avais presque oubliée. On fait un tour de l'endroit sans rien dire. Il y a le grésillement des enceintes qui sont restées allumées. Elle ouvre le piano pour jouer un petit truc, et après elle m'embrasse en demandant :

– Qu'est-ce que tu t'es fait à la lèvre ?

Le lendemain, bon. Au lycée, Astrid a l'air bizarre. Elle me parle pas plus que d'habitude, mais je la sens pas. Presque à me faire regretter ce que j'ai fait la veille, même si ça n'a rien à voir.

Vous voulez savoir comment ça se passe dans la tête d'un garçon de mon âge ? D'un garçon comme moi ? De moi ? Merde ! Comment vous dire ? Je vois Astrid et je suis attiré. Ça veut dire qu'il faut que j'avance vers elle sinon je vais étouffer. Alors j'avance et je vois ses bras. Merde ! Ils ont quoi, ces bras ? Je me plante sous un arbre pour y réfléchir. Qu'est-ce qu'ils ont de particulier, de différent ? Il faudrait voir avec une photo, pour comparer. Si j'avais une photo, je me ferais la sortie d'un lycée un peu loin d'ici, dans le 12e par exemple, j'aurais un imperméable comme les vrais pervers de bandes dessinées et je regarderais les bras des lycéennes qui attendent sur le trottoir. Parce que les autres filles, elles m'attirent pas. Si Astrid ne m'aime pas, je me tuerai, mais c'est pas tellement possible. Peut-être qu'elle m'aime déjà sans s'en rendre compte ? Pour l'instant, il faut pas que je m'approche trop. Si elle ne m'aime pas, alors je ne pourrai plus aimer personne et ma vie sera foutue, mais c'est pas trop possible non plus. Donc, c'est obligatoire, pour elle comme pour moi, pour moi donc pour elle.

À la récré de dix heures, Romain ne me fait pas particulièrement chier, mais il me tourne autour, j'ai l'impression qu'il me cherche. Heureusement, on n'a pas cours l'après-midi et je suis Cyprien au Trocadéro, qui veut m'apprendre deux ou trois trucs en skate, mais j'y arrive pas et du coup ça m'emmerde, je rentre à l'appartement où Alban me raconte sa soirée.

Pour la première fois, j'ai l'impression qu'il en rajoute. Je m'attends à ce qu'il me demande ce que j'ai fait, moi, la soirée précédente, mais il ne pose pas la question, alors je repars dans ma chambre.

Maman arrive vers dix-huit heures et passe me voir directement, je ne l'aurai jamais autant vue que cette semaine. Elle s'assoit sur mon lit et frappe les couvertures auprès d'elle pour me faire venir. Puis, avec un ton inhabituel, celui qu'elle adopte en public, elle me dit que c'est pour demain.

– De quoi ?

– Eh bien, l'opération, voyons.

– T'as pris rendez-vous à la clinique ?

– Mais non, Thomas, tu ne comprends rien. Demain, tu ne vas pas en cours de l'après-midi, et tu n'iras pas non plus la semaine prochaine. Je viendrai te chercher.

Elle repart un peu énervée jusqu'à la cuisine, puis ferme les rideaux de sa chambre et dort pendant deux heures.

Sur la table de la salle à manger, collée sous le catalogue de La Redoute, je trouve une enveloppe à mon nom avec la mention « En ville ». Je retourne dans ma chambre et ouvre ma première lettre d'amour.

Franck

J'ARRIVE plus à me contenir :

– Ta carte d'identité, non mais tu te fous de ma gueule !

Je le prends par le col en hurlant le plus près possible de son oreille :

– Tu te fous de ma gueule, c'est ça ! Réponds !

Je le tiens un moment en l'air et finis par le reposer. David se souvient plus où il l'a mise exactement, peut-être dans la cuisine, peut-être dans l'entrée ou dans la chambre de la bonne femme. Ce petit bâtard... J'arrive pas à le croire.

– Laisser un indice ? Super idée ! La carte d'identité, c'est un putain d'indice, ça !

J'essaye de me calmer, mais j'y arrive pas.

– Et qu'est-ce qu'elle foutait dans ta main, cette putain de carte ? T'as des poches comme tout le monde ! Hein que t'as des poches, pauvre con ? T'as des poches ? Oui ? Eh ben alors ? Elles sont trouées ? Mais j'en ai rien à foutre, tu comprends ça ? J'en ai rien à foutre que tes poches elles soient crépies de trous ! Maintenant, c'est moi qui suis dans la merde !

Je claque la porte et sors de l'appart. Y a trois heures, mes deux cons de frères étaient assis à fumer des clopes sur un muret, c'est ce qu'ils m'ont raconté. Là-dessus, deux flics passent et leur demandent ce qu'ils foutent là. Ils cherchent justement un mec qui ressemble à Michel, comme quoi il aurait tiré une carte bleue à un distributeur du coin trois secondes plus tôt. C'est juste pour vérifier, parce qu'il correspond à la description qu'un témoin a faite. Ben voyons. Et Michel, évidemment, au lieu de parler calmement, de dire que c'était pas lui, il préfère s'énerver direct. Il commence à insulter les flics, tellement qu'il y en a un qui sort ses menottes en disant qu'il va l'embarquer. David se fait prendre par le bras mais il se débat et tous les deux se barrent en courant en faisant un bras d'honneur aux keufs. Poursuite. Mais les flics sortent du kebab et ils ont pas envie de trop bouger leur graisse. Michel et David voient un type sortir d'un immeuble et se cachent dans l'entrée avant que la porte se referme.

Déjà, c'était pas mal pour une seule journée, mais voilà, ça suffisait pas. Ils attendent dix secondes et font un tour de la cage d'escalier. Ils montent aux étages, voir si y a pas moyen de foutre la merde quelque part. Au quatrième, la fenêtre d'un appartement est ouverte, c'est trop beau. Ils descendent, ils remontent, personne dans les parages, alors ils y vont. Leur premier cambriolage, ces p'tits puceaux. Dans la cour, ils escaladent une vieille cabane à chiottes ou un abri à vélos, enfin un truc de ce genre. De là, ils arrivent à choper l'échelle de secours et montent dans l'appartement par la fenêtre ouverte. Et comme David déchire son jean, il se troue la poche arrière, celle où il fout d'habitude sa carte d'identité et ses thunes. Ça lui sert à quoi de se la trimbaler, ce p'tit enculé ? Ils rentrent. C'est la cuisine. Un tour de l'appart et ils commencent à fouiller. C'est assez grand. Il y a une chambre de femme avec une grande fenêtre, des placards, des tiroirs, ils foutent le gros bordel pour trouver un carnet de chèques. Tout est retourné, comme au ciné, la penderie par terre, les fringues déchirées, des papiers, des cartes postales, des photos sur le lit, et puis on va retourner le matelas aussi, c'est comme ça qu'il faut faire, non ? Pas le temps : ils entendent un bruit et se cassent en vitesse. Reste la carte dans les papiers. David l'a posée quelque part pour chercher plus à son aise. J'peux pas le croire. Si ça se trouve, il y a déjà du monde là-bas.

J'arrive devant l'immeuble en question et attends que quelqu'un rentre en prenant un journal au kiosque pour surveiller la porte et, quand un mec arrive, je récupère le code. 4522. Ils ont bien choisi, ça pue le fric rien qu'au rez-de-chaussée. J'suis vraiment dans la merde.

Tout en haut, il y a un grand palier avec des chambres de bonne et un vieux canapé immonde, option bourge d'Inspecteur Barnaby. On voit la cour par le vasistas. Je repère la fenêtre en question, elle est toujours ouverte. J'attends. Être sûr qu'il y a personne, mais, pas de bol, je vois un mec passer dans la cuisine, il ouvre tous les tiroirs, tous les placards un à un comme un taré. Il trouve plus son bol Mickey pour son chocolat chaud, ce p'tit morveux ? Faudrait pas qu'il loupe son goûter non plus, c'est qu'il aime pas qu'on lui change ses habitudes ! Fils à papa, va. Je regarde mieux... Mais je connais ce mec ! Il m'achète du shit.

Merde, merde, merde, putain de merde ! Je m'assois sur le vieux canap' et j'essaye de réfléchir, mais y a rien à faire. Il a sûrement appelé les flics.

Après dix minutes, j'en suis certain, il y a plus qu'à se barrer et à trouver un alibi à mes deux frères. Putain, j'me dis, ils vont faire de la tôle. Merde, c'est quoi ? Vol avec effraction ? Non, vol c'est tout, et puis ils sont mineurs et puis la fenêtre était ouverte, et puis ils ont rien pris finalement... Quelqu'un descend dans l'escalier. Je me penche à la rambarde et je le reconnais vraiment, cette fois c'est clair, c'est le mec qui est venu à Beaugrenelle avec son pote habillé comme un sac. Il est tranquille, lui. Mais là, ça a pas l'air d'aller fort. Quand même, j'me dis, faut qu'il se calme le minet, c'est rien. Y a du bordel dans sa chambre mais mes frères ils risquent la tôle. En attendant, l'appartement est vide maintenant, alors je me dépêche de descendre dans la cour, c'est une toute petite cour, très sale, avec très peu de fenêtres. Je fais comme les frères : le petit toit (c'est pas une cabane à chiottes, c'est l'entrée d'une cave, ils comprennent rien à la vie), l'échelle, et j'arrive à hauteur de la fenêtre ouverte. Je passe une jambe puis l'autre en prenant appui sur une corniche qui s'effrite et j'entends un petit cri contenu, un cri d'étonnement, pas vraiment de la peur, pas très fort, je tourne la tête et vois une femme. Je bouge plus, elle est brune, elle ne bouge pas non plus. On se regarde. Pourquoi elle crie pas ? J'me casse.

Cyprien

JE n'aime pas la jeunesse. Je suis trop académique. Il faut bien jouer les petits garçons avec les grandes personnes. C'est idiot. Je ne dis rien, je ne la ramène pas, c'est ce qu'on attend de moi. Papa avait cette discipline, il n'en pensait pas moins. J'aime qu'on ait un peu de style. Un peu de classe. Je voudrais être quelqu'un de bien. J'espère que je le serai, que je le suis déjà. Il y a les personnes que j'aime : il y a ma mère, il y a Thomas, c'est à peu près tout. Bon, quelques autres, mais ça fait peu, ce n'est ni bien ni mal puisqu'ils remplissent ma vie. Et j'estime qu'il y a des choses à faire, des moments par lesquels il faut passer, courber un peu l'échine. Maman dit que je suis trop sérieux, ce n'est pas vrai, mais elle ne comprend pas qu'on est ensemble, tous les deux, et qu'avec elle je dois être tendre et sérieux. En dehors c'est différent. C'est vrai qu'on rigole avec Thomas, il m'amuse, il est trop naïf. Mais je ne serai pas celui qui le fera changer, parce que je l'aime comme ça. C'est la seule jeunesse que j'estime.

Parfois, je sors le soir, chez quelqu'un ou dans un bar et, à un moment, j'arrête de rire machinalement pour me demander ce que je fais là. Pourquoi rester après tout ? Ce n'est pas que je m'ennuie, ni que les gens soient bêtes, mais c'est juste un peu médiocre. Je m'en veux d'employer ce mot-là. Sur ce point, Thomas et moi nous comprenons, mais seulement pour ce qui est du diagnostic. Disons qu'on attend quelque chose tous les deux. Je pense qu'il cherche dans la mauvaise direction, il s'agite, il ne réfléchit pas, il a tellement peur de se faire confiance qu'il en devient impulsif. Quand il est là, ça me paralyse. Évidemment, il ne s'en rend pas compte. Quand on tient aux gens et un peu aussi à soi-même, on n'arrive plus à dire les choses.

Je glisse le minidisc de Pulp dans mon lecteur en lui disant au revoir. Comme il me demande ce que c'est, je lui montre le MD, Pulp, Primal, *Best of the Five Years*. Il prend un petit air savant et rigole. Alors comme ça j'écoute encore Pulp, ce groupe des années 80 ! Je dis que oui, et que d'ailleurs lui aussi, dans mon souvenir. Il ne renchérit pas, alors on se quitte là-dessus et je marche lentement jusqu'à chez moi. Il y a un mec de ma classe sur le trottoir d'en face, je lui fais un signe et on parle deux minutes, il vient de s'acheter de nouvelles fringues. Elles sont pas mal. Je m'extasie modérément, mais je suis dans le ton. J'ai l'impression d'être bien. Je crois que j'aime les gens. J'aime discuter de fringues sur les trottoirs, même si ça n'a pas d'intérêt.

Là-dessus arrive un autre mec, son cousin ou son grand frère, il a un pantalon baggy ceinturé juste au milieu des fesses et on peut voir son Calvin Klein en dessous. Il a fait une sorte de paillasson avec ses cheveux blonds pas très naturels. Dommage. C'est un pilier du lycée, puisqu'il a passé deux ans en seconde, deux autres en première et poursuit son brillant cursus en terminale cette année. Justement, on en vient aux études. Son père lui a promis une BMW s'il avait son bac cette année.

– J'suis en S, c'est lui qui a voulu. Alors maintenant il assume, faut me motiver !

On s'exclame tous les trois :

– Trop cool.

C'est entendu. Il sourit tant et plus, d'ailleurs, il a une histoire à nous raconter. On se souvient de la fille avec qui il sortait ? Il est plus avec elle, mais ça a été chaud entre eux. Samedi dernier, à La Loco, une meuf commence à le brancher. Lui, faut le comprendre, il résiste pas très longtemps quand une fille l'excite.

– On est des mecs, quoi ! Dès que j'peux choper, moi, j'hésite pas trop longtemps.

Il éclate de rire, espère qu'il va se calmer avec l'âge, mais pour l'instant, faut s'marrer. Seulement, manque de bol, la fille en question avait que quinze ans. Il raconte :

– Je lui demande l'âge qu'elle a, tu vois, elle me réponds dix-huit. Alors, okay, on sort ensemble quoi, et puis au moment de la ramener chez moi, on va pour prendre son sac au vestiaire, et le gars, il lui rend son passeport. Je mate la date de naissance... Putain l'haïlu ! Quinze ans, la fille ! Comment j'me suis trop fait avoir sur c'coup-là !

On se quitte sur l'anecdote et je me dirige vers chez moi. Sur le chemin, je me dis que j'aimerais changer mon ordinaire et voilà qu'une occasion se présente. Mais je me rends compte que l'extraordinaire n'a pas que du bon, en poussant la porte de l'appartement.

Déjà, en entrant, je trouvais l'atmosphère bizarre. J'appelle Clara, ma mère, elle est dans sa chambre. Je la trouve affairée à ranger des photos et des papiers tombés par terre. La penderie est retournée, je n'ai jamais vu un désordre pareil. Je demande :

– Qu'est-ce qui s'est passé ?

– Rien, rien du tout... Enfin... quelqu'un a dû rentrer dans l'appartement.

– Et comment ? Par où ils sont passés ? Ils ont pris quelque chose ?

– Non. Non, je ne pense pas... Va voir dans ta chambre si tout est là.

Mais je ne bouge pas et reste dans le chambranle de la porte. Tout ce désordre ne m'aurait pas fait grand-chose, s'il n'y avait eu les photos de mon père sur le parquet, certaines salies ou déchirées. Maman essaye de les ranger très vite mais je vois bien. Puis elle se lève et dit que ce n'est pas grave. Je fais un tour des pièces, de plus en plus furieux. Ils n'ont touché à rien. Juste une chambre. Ils ont tout retourné dans une chambre seulement. J'ouvre tous les placards, de la salle de bains à la cuisine, j'espère trouver une trace d'eux dans une autre pièce, mais non, alors je dis :

– Je vais chez les flics.

Ma mère proteste, ils n'ont rien volé après tout, mais je m'énerve parce que j'en ai rien à foutre, j'y vais quand même en claquant la porte. Au commissariat, on prend mon nom, mon adresse, on m'écoute poliment mais rapidement, s'il vous plaît, et je retourne ranger l'appartement.

Le lendemain, Thomas n'était pas en cours mais ça ne m'a pas inquiété, j'aurais juste préféré qu'il soit là, ce jour-là précisément. J'étais loin de me douter qu'il ne reviendrait pas. Pour moi, l'année a basculé ce jour-là, mais je ne pouvais pas le savoir. C'était une journée comme les autres. Le matin sur le chemin, je pensais comme d'habitude, marchais comme d'habitude, j'allais retrouver Tom. Et puis en fait : personne. Bon, je me suis dit tant pis, ou plutôt je me suis forcé à le prendre bien, mais sans y parvenir vraiment. Les conversations ne m'ont pas intéressé, les cours ne m'ont pas intéressé, les blagues ne m'ont pas fait rire, je n'ai rien articulé de vraiment intelligible de toute la journée, sans savoir, bien sûr, que ça devait durer.

À partir de là, il y a eu des semaines étranges. Je n'étais d'humeur à rien. Les premiers jours sans Thomas, j'ai senti combien on vivait seuls, tous les deux dans ce grand lycée. Je connaissais des gens, je pouvais dire bonjour-bonsoir, bavarder un moment, mais au fond je m'ennuyais. À vrai dire, je n'ai jamais vu autant de monde que ces semaines-là. J'en ai profité pour sortir avec d'autres personnes, je me suis fait inviter un peu partout. Un soir, au Trocadéro, je regardais les lumières des fontaines en écoutant vaguement une drôle de conversation sur la technique du Fosbury, quand Romain est passé par là en roller et m'a serré la main. On a discuté un peu. Romain, Thomas ne peut pas le voir. J'avais l'impression d'une sorte de trahison, alors je me suis écarté du groupe et j'ai appelé sur son portable. Le message que j'y ai laissé devait avoir à peu près cette tête : « Tom, c'est moi. Enfin, c'est Cyp. Ton annonce est toujours aussi merdique. J'aimerais bien savoir ce que tu fous. Salut. »

Évidemment, il n'a pas rappelé, et j'ai commencé à trouver qu'il exagérait un peu. Un moment, je me suis bien dit : Il lui est arrivé un truc. Mais ce n'était pas possible, Alban continuait de venir au Troca, je croisais Mme Kertel dans la rue et tout le monde avait l'air parfaitement serein. J'ai attendu le lundi suivant, puis le mercredi, puis le week-end d'après. Le dimanche soir devant le film sur Canal, j'ai commencé à lui en vouloir vaguement, et puis je lui en ai vraiment voulu à l'heure de *Culture Pub*. Quand Christian Blachas a annoncé que nous verrions, la semaine prochaine, la manière dont les marchands de tabac font de la pub sans en avoir l'air, j'ai fait un tour dans l'appartement, je me suis assis, je me suis relevé, je me suis allongé, puis je suis allé regarder les photos de mon père rangées dans le tiroir, la plupart déchirées ou écornées par un connard de cambrioleur manchot, même pas foutu d'embarquer la chaîne hi-fi. Je suis resté un moment à les passer dans mes mains sans vraiment faire attention à ce qu'elles représentaient, je ne tenais que des objets, écoutais le bruit caractéristique du papier brillant qui frotte le dos des photos, comme quand on mélange un jeu de cartes. Maman en avait recollé certaines avec du scotch, et ce rafistolage m'a fait mal. J'ai rassemblé les pellicules dispersées dans le fond du tiroir, la plupart mélangées, certaines n'avaient jamais été retirées de leurs pochettes Euromarché *Vivacolor 1 heure, d'abord vous rendre service*, des pochettes orangées avec dessus des visages de pub Ferrero, dans des fringues des années 80, je m'en souvenais très bien. Je suis retourné dans ma chambre et j'ai tout posé sur une étagère, avec la ferme intention de les faire retirer le lendemain, ce que, bien sûr, je n'ai pas fait.

Plus tard dans la nuit, j'ai mis un uniforme militaire, je me suis coiffé en mettant sur ma tête une casquette de capitaine de frégate, puis je suis allé fumer un premier joint sur mon lit en pensant à Pierre Loti, du moins au début. J'en ai fumé un deuxième et me suis retrouvé devant la glace, le grand miroir, j'étais complètement défoncé. Il devait être trois heures du matin et j'ai senti maman me prendre par le bras pour me mettre au lit.

Thomas

La lettre doit toujours être dans ma poche, c'est la première chose sensée à laquelle je pense en me réveillant. J'ouvre les yeux, je suis malade, je fais de drôles de bruits avec ma bouche. En plus elle sent l'égout, je souffle dans ma main en respirant, l'horreur. Tout est super collant, l'oreiller est dégueulasse, j'ai deux jambes de bois, même plus d'orteils, des courbatures depuis les fesses jusqu'en haut du cou et surtout, surtout, une vague envie de vomir. Je passe les doigts sur mon front gras, le nez, le pansement. Merde ! C'est quoi ce bidule ? Le pansement sur ma lèvre, un truc énorme en coton, tenu par une bande qui fait le tour de ma tête. Je crois que je flippe, pas envie d'aller voir. C'est normal de flipper pour ça, non ? Ouais, là, c'est quand même normal. Si ça se trouve...

Il y a quelque chose d'étrange dans cette chambre. Bon, elle pue. Mais elle est moins sale qu'avant, j'ai l'impression. Propre, faudrait pas dire non plus... Mais mieux rangée. Je craque tout ce que je peux pour me relever à moitié, Alban a laissé des chaussures à côté d'une chaise, avec la boîte. Des pompes ultra classe. Jamais vu avec. Elles ont l'air petites. La bouteille d'eau posée près du lit me fait plutôt envie. Je crois que j'ai très soif, alors j'essaye de me lever pour aller au lavabo, mais très vite je suis bien obligé de me rendre compte que l'armoire me tourne autour, dans un sens normal d'abord, celui des aiguilles d'une montre, puis après dans un sens moins classique : elle tourne de haut en bas. C'est un satellite de mon corps qui fait de jolies ellipses. J'avance vers le cabinet de toilette en trouvant tout ça marrant mais fatigant, et c'est à ce moment-là que la boule à neige posée sur la cheminée se projette dans l'espace elle aussi, comme ça, et vient se satelliser autour de l'armoire qui continue de tourner autour de moi, le soleil donc si on est logique ; ça me plaît de penser que je suis le soleil. Je regarde tourner ce truc, ce bibelot de merde qui dévie de plus en plus, dépasse l'armoire à propulsion atomique et s'écrase dans la cheminée en m'assommant au passage. La cheminée, elle, n'a pas bougé. Mystère. Du coup, je renonce au lavabo et retourne m'allonger. Je m'endors sur les draps mouillés et attends que l'angoisse monte.

Cinq heures plus tard, je rouvre un œil et me sens coupable, sans savoir pourquoi. Sans doute, c'est à cause des rêves. J'ai peur. Qu'est-ce que j'ai pu dire ou faire ? Chaque fois, c'est la même chose, je me dis que j'ai mal agi. Bon, souvent, j'ai des raisons, mais parfois non. J'ai juste peur comme ça. C'est devenu une habitude : je fais une toute petite chose, un tout petit mouvement, chaque geste me rappelle que j'ai peur. Enfin je m'exprime mal, avec un exemple, ce serait plus concret. Disons que je vais à la cuisine le matin, je passe devant la chambre de mes parents, j'ai le cœur qui se serre une seconde. Une pensée furtive. Je ne me suis rendu compte de cela qu'il y a peu de temps. Avant, je me surprenais juste avec ce sale goût dans la poitrine, sans chercher à faire de lien. Donc si je passe devant leur chambre et me retrouve à la cuisine, il me suffit d'ouvrir un placard et d'y voir un paquet de corn flakes pour me rappeler que je n'ai pas aidé à ranger les courses ou un truc comme ça. Et puis ça dérive en : j'ai pas fait ma chambre, puis en : je me suis quand même charcuté dans la salle de bains avec des ciseaux à ongles. Du coup, la machine démarre vraiment, c'est plus ou moins conscient maintenant : est-ce que j'ai bien fait ? À ce moment-là, je commence à être rattrapé par dix millions d'images, mes mauvaises pensées de la nuit, mon imaginaire du jour, mon physique de garçon moche, puis les cours, puis Romain, et mon estomac a déjà fait un nœud sur lui-même. Au lycée, je fais tout de travers, je ne veux plus y retourner, Astrid se moque de moi, elle se fout de ma gueule et je fais tomber tous les corn flakes par terre.

Alors j'essaye de me calmer, je construis des plans dans ma tête, à la va-vite, je colmate les trous n'importe comment, méthode Coué et bonnes résolutions. Il faudra être plus ceci ou plus cela, il ne faudra plus parler trop vite, plus dire n'importe quoi ni faire de mauvaises blagues, ne plus la coller de trop près, éviter Romain à tout prix et si c'est lui qui me cherche, l'ignorer royalement, mais je me rends compte que tout cela ne me rassure pas, au contraire, je ne sais pas comment faire pour être un peu aimé là-bas. Et ici non plus, de toute manière. C'est que je voudrais pas décevoir. Je peux penser à n'importe quoi, ça me ramène toujours à cette question : est-ce que j'ai bien fait ? Est-ce que je ne suis pas ridicule ? Parfois, j'entends une conversation que je trouve nulle, ou je vois une pub ratée dans la rue, et je suis sûr d'avoir raison. Mais deux secondes plus tard, je m'aperçois que tout le monde a adoré ce que Machin a dit ce jour-là ou la pub pour tel ou tel truc dans le métro. Comprends rien. Divague. Ma chambre et la fièvre.

Quelle heure il est ? Trois heures du mat' au réveil, on est, on est mercredi, jeudi plutôt, pourquoi je vais pas au lycée ? Je suis malade, c'est ça, je dois appeler Cyprien, mais il fait trop chaud... Qu'est-ce que j'ai fait, mais qu'est-ce que j'ai bien pu faire ?

Et puis je me souviens, je me calme et je me souviens parce que j'ai du mal à respirer. Je me suis fait refaire la gueule. C'est ça. Le pansement de l'opération. Est-ce que ça a marché ? J'ai soif. Je me lève. Je reste assis sur mon lit, si ça se trouve, ça va mieux. La moquette sur les murs doit avoir vingt-cinq ans. Je m'endors assis sur le matelas.

On a sonné à la porte. C'était dans le 17ᵉ. On était descendus à La Fourche. Boulevard Barbès, il y a un immeuble avec une mosaïque par terre dans l'entrée, c'est l'Hôtel de Paris. On marche dans un couloir tous les deux avec maman, j'ai quitté Cyprien en début d'après-midi, sans lui dire ce que j'allais faire. À vrai dire, je ne savais pas tellement, je ne m'attendais pas à ça. J'ai levé les yeux sur la façade en demandant :

– C'est là ?

On passe devant un concierge au fond du couloir. Il a l'air à bout, pauvre vieux. Tout un tas de monde prend les escaliers, des enfants se disputent au milieu du couloir. Dans son bureau jaune, le concierge parle par les trous de la vitre. Il y a du courant d'air sous les portes. Il dit que c'est au cinquième, alors on y va.

C'est un petit appartement et un carreau est cassé sur l'une des fenêtres. Quelqu'un fait cuire du riz dans la cuisine. On me fait asseoir dans un fauteuil énorme avec des accoudoirs en bois. Là-dessus arrive un mec, et ma mère signe un chèque. Ensuite on attend. On me sert des alcools forts et je demande si je peux les boire à la femme qui me les donne. Avec la main, elle fait signe d'avaler, en penchant loin la tête en arrière. Je regarde Anne-Sylvie.

– Mais vas-y, dit-elle, bois-le !

J'avale un premier verre puis un deuxième. On a mis des trucs dedans. Ensuite, je dois prendre des médicaments, un pour dormir, du Lexomil et aussi deux autres pour je sais pas quoi. On nous laisse poireauter et Anne-Sylvie est hyper nerveuse. Ça fait longtemps qu'on est là. Elle se lève et va voir le même mec, il paraît qu'il y en a encore pour plusieurs heures, il faut attendre, alors elle me dit qu'elle rentre à la maison, elle ira me chercher quand ce sera fini. Je reste dans le fauteuil. La femme me donne un magazine de moto de 1993, tandis que dehors il fait nuit maintenant. J'ai froid et ça doit se voir, on me tend une couverture de la SNCF. Je voudrais dire que j'ai faim mais personne ne comprend ce que je veux. Pas un qui parle français ou quoi ? Je commence à me sentir mal à cause de l'alcool. Comme je grelotte encore un peu, la femme s'assoit en tailleur à côté du fauteuil et me caresse la main en disant des trucs. Dans l'appartement du dessus, quelqu'un s'est mis à jouer de l'accordéon.

Ensuite, c'est une grosse bonne femme qui arrive, je crois que c'est la mère de celle qui me tient la main. Elle se penche sur moi et regarde mes yeux en tirant les paupières comme un médecin, jette son chewing-gum dans le cendrier plein puis repart à la cuisine pour manger. Ils doivent être au moins sept ou huit dans la cuisine, mais la plus jeune, qui me tient la main, est restée avec moi. J'entends qu'ils parlent fort. Il y a l'odeur du riz. Un type arrive et pose une assiette devant moi en me la montrant. C'est bizarre mais j'ai plus faim, alors il repart avec l'assiette en commençant à manger dedans.

Ça dure encore longtemps comme ça, ça n'arrête pas de bouger partout, il y a de plus en plus de monde, quelqu'un a allumé la télé et change de chaîne en permanence entre le téléfilm de la Six et les lumières fluo de la Une. Je reconnais Mel Gibson ou un acteur qui lui ressemble, je reconnais Jean-Pierre Foucault. La jeune femme à côté de moi me demande si j'ai peur et je fais oui de la tête, alors elle me tend encore un verre, avec Spirou dessiné dessus, je bois, si bien que je ne peux plus bouger du tout et l'odeur du narguilé à la pêche m'écœure.

Le temps passe quand même, je sais pas comment, c'est comme si j'étais dans ce fauteuil depuis trois jours avec cette grosse moto écornée sur les genoux. Ça s'est calmé dans la cuisine, il y a moins de monde, on dirait. Je crois que je me suis endormi. Quand la femme voit que je me réveille, elle se rassoit à côté de moi. Elle me demande un seconde fois : « Tu as peur ? », avec encore plus d'accent, et je lui demande ce qui se passe. Alors elle va dans la cuisine et dit quelques mots. Les mecs la charrient mais elle ne se laisse pas faire et revient avec un joint, en disant que ça va me calmer, c'est radical. Elle me fait fumer. Je fume. Pas jusqu'au bout. Sans rien dire, je décide de m'en aller et essaye de me lever, mais la femme me reprend la main.

– Tu as peur maintenant ?

– Non, je réponds.

Alors elle ouvre un placard en formica marron où sont rangées les bouteilles, ils ont posé la télé dessus. Elle sort des ustensiles de médecine et les chauffe avec un briquet.

Après, on m'a remis mon manteau. Allongé complètement saoul sur le dos, je regarde le plafonnier, deux ampoules faible intensité derrière une sphère en verre cathédrale. Quand même, ça va un peu mieux, à cause de la fille du concert, de la lettre d'hier, un courrier d'Astrid que j'ai dans ma poche. Je serre l'enveloppe entre deux doigts pour la tenir sans l'abîmer. La grosse a viré tout le monde en gueulant, les hommes ont râlé, on a baissé le son de la télé. Elle plante ses instruments dans ma lèvre, très doucement, avec une pâte froide qui sent le pissenlit. Elle laisse la pâte sécher puis me porte sur son dos et je fais un tour de la pièce dans les vapes. Elle prononce des phrases comme une guérisseuse et puis après, rien. Je me réveille dans ma chambre, la mienne, au moins deux jours plus tard, et en plus je suis malade.

Cyprien

LES jours passent, c'est une drôle de période, des heures en coton qui avancent mollement. De nouvelles journées, de l'ennui. Et une lettre sur la commode, du commissariat de police, qui classe notre affaire sans suite, faute de preuves, faute d'effraction, faute de m'avoir pris au sérieux.

Je ne sais plus au bout de combien de temps je me suis vraiment inquiété pour Thomas. Je ne voulais pas aller chez lui, voir sa mère fatigante, son frère un peu trop sûr de lui, et puis nous n'allions jamais l'un chez l'autre, c'était comme ça. J'ai préféré passer encore un week-end en bandes dessinées et en films moyens, avant de sonner, un lundi soir, à la porte de la famille Kertel. C'est sa mère qui a ouvert, et m'a éconduit aussi sec avec une sale politesse, vraiment agaçante dans le genre coq de village. Il n'était pas là, il allait très bien, il reviendrait bientôt à ses chères études. En baissant les yeux, je n'ai pas fait la remarque : il a dû sortir en chaussettes puisque ses baskets sont dans l'entrée.

Et ça continue, ça m'emporte, ça m'engourdit. Je me lève, je vais au lycée, je regarde sans cesse par la fenêtre, les couloirs sont de plus en plus grands. Bien sûr, c'est de l'ennui, je me le répète dix fois par jour. Si Tom était là, on rigolerait mieux, mais là, je m'ennuie. En physique pourtant, comme tout doit être validé par une expérience, je remets en cause cette certitude. Ils ont mis une grue dans la cour pour réparer le toit. Les ouvriers accrochent un paquet de tuiles au filin, il y a du vent. Je me suis brûlé au bec bunsen hier, j'ai un bout du pouce tout noir et je me suis fait engueuler. Je regarde mon ongle pour penser à autre chose, comme le mec de première S, Seb, qui se brûle exprès l'avant-bras avec sa cigarette, juste pour voir. Les tuiles montent, elles se balancent devant la fenêtre, les ouvriers ont du mal à les tenir. On rigolerait mieux...

Et tout à coup je m'en rends compte : on ne rigolerait pas mieux si Thomas était là, parce que

Thomas n'est pas drôle. J'ai reçu comme un coup sur la tête : c'est vrai qu'il n'est pas drôle. Après, c'était une autoroute, j'ai tout décodé très vite, tous mes souvenirs ont pris une cohérence nouvelle et une image s'est collée sur ma tristesse. Le triangle à l'envers. L'été dernier, en septembre ou en août, on était dehors quand j'ai pris cette photo. En haut des épaules, juste au ras du cou, deux points forment sa base. Puis, dessiné par un vêtement d'été, il pointe vers le sol de quelques centimètres. Un peu moins d'une dizaine, à cause de la pudeur. À cela, juste à cela, j'ai vu que je l'aimais. Merde ! Putain c'est pas vrai ! Quelqu'un me l'aurait dit, je l'aurais pas cru. À la fin du cours, je ne suis pas allé en français, j'ai marché tout l'après-midi dans les rues du quartier en répétant merde, merde, merde, putain de merde... Et jusqu'aux larmes.

Ce soir-là, nous avons peu parlé à table, ma mère et moi. Elle m'a trouvé une drôle de tête.

– Tu n'as pas l'air bien ces derniers temps.

Non, pas trop. Mais elle non plus. Enfin, c'était difficile à dire, mais à son drôle de sourire, les yeux trop plissés pour être honnêtes, je sentais comme une gêne, une préoccupation nouvelle, et j'ai pensé à ce cambriolage. Après le dîner, on a bu quelque chose de chaud et elle m'a massé les pieds. Le thé, son air, je me suis senti mieux et j'ai dit tout haut comme pour moi-même :

– C'est bête, cette histoire... Ce n'est rien.

Puis, après une minute, elle a répondu un peu sèchement :

– Mais quelle histoire ? De quoi tu parles ?

Et nous n'avons plus rien dit.

Une autre fois, je suis entré dans le salon et elle dormait sur le canapé, un bras tombé par terre. Sûrement, elle devait rêver. Tantôt elle souriait, très faiblement, tantôt elle plissait le front. Elle bougeait les lèvres, les pinçait puis les étirait, presque imperceptiblement. Je ne veux pas dire que j'ai remarqué d'autres détails, on penserait que je l'espionne. Mais ses horaires ont changé, certains de ses horaires. Enfin non, j'en sais rien, je me fais toujours ce genre de film.

Thomas

MAMAN m'avait prévenu, dans le métro en allant voir la guérisseuse, que je ne reviendrais plus au lycée pendant un moment. Sinon, on allait me poser des questions. Bientôt, j'aurais un visage tout propre.

Je suis sorti de mon lit, au matin du troisième jour, et j'ai découvert un monde neuf. J'avais des bandes sur le visage et tout. Je suis sorti comme le Messie, c'était assez tôt le matin. Je me suis levé comme ça, sans mal, je n'avais plus de fièvre du tout, alors j'ai ouvert les fenêtres et Paris était blanc et frais, je l'ai contemplé depuis mon pyjacourt. Ensuite, sans faire de bruit, j'ai gagné la chambre de mes parents et je suis entré sans frapper. Je voulais les voir. Sur les oreillers, deux têtes, dont je voudrais dire qu'elles sont bien connues, mais ce matin-là étrangement auréolées de la lumière brumeuse des premiers rayons, je me sentais un peu lyrique sur les bords. Maman a ouvert les yeux et m'a pris dans ses bras, ce qui ne m'a même pas paru anormal. Vraiment, tout venait de basculer. Mon père dormait toujours et je suis resté là, tout contre Anne-Sylvie, une inconnue, nous nous sommes endormis pendant une demi-heure ou peut-être plus. Après, je suis retourné dans ma chambre, j'ai sorti des draps propres de l'armoire et j'ai refait mon lit. C'était pas tellement possible tout ça, je me disais : C'est encore une erreur, demain tout redeviendra comme avant. Mais j'aurais quand même voulu dire merci à quelqu'un pour cette heure étrange passée ensemble, ce sentiment de calme, comme si j'avais pris dix ans en un seul jour. Une fois mon lit refait, je me suis mis sous les draps, mais je ne voulais pas dormir, pas tout de suite en tous les cas, mes yeux grands ouverts regardaient la lumière du soleil gagner sur le mur, et je n'ai pas vu le sommeil me prendre, je me suis assoupi avec la certitude que tout rentrerait dans l'ordre, le pire des ordres mais l'ordre normal, tout ça ne pouvait pas durer, ce bonheur, c'était quand même bizarre.

Pourtant je n'avais pas rêvé. La période qui

s'ouvrait devait être vraiment neuve. D'abord, il y a eu, au réveil, cette histoire de chaussures. Ce n'était pas du tout celles d'Alban, c'était juste les miennes. Trop classe. Maman me les offrait. En me faisant mes lacets, elle s'inquiétait de mon bandage.

– Tu vas voir, mon chéri, comme tu vas changer. Tu as déjà changé, la guérisseuse me l'a dit. L'opération a réussi. Tu vois, Thomas, tu es un nouveau garçon.

C'est elle qui s'est occupée de remplacer régulièrement mes compresses, sans jamais enlever le dernier pansement, celui avec de la pâte verte, qui devait rester là dix jours. Assez vite et comme le volume de gaze et de coton avait tendance à diminuer, je suis devenu à peu près sortable, du coup, je me sentais déjà un peu transformé.

Si j'étais logique et patient, je raconterais tout ce qui s'est passé pendant ces semaines, mais je préfère n'en faire qu'à ma tête bienheureuse. Un soir, une semaine peut-être après l'opération, j'étais seul avec maman dans l'appartement. Je ne sais pas où était Alban. Papa, lui, ne devait rentrer que quelques jours plus tard du séminaire de son entreprise. Je la trouve à la cuisine en train de ranger les bouteilles d'alcool pas cher, celles qui finissent dans les soupières et les Romertopf. Elle me dit :

– Tu as soif, tu veux quelque chose avec moi ?

Et elle nous sert à chacun un grand verre de vin blanc dégueulasse. On le boit tous les deux en se bouchant le nez. Elle sourit. Ensuite, on va dans le salon, parce qu'il y a de vrais alcools. On y va comme deux collégiens, Cyprien et moi, dans le même cas, on aurait fait moins gamins. Je la regarde qui compose des cocktails, jamais j'aurais cru ça d'elle. Pendant qu'elle dose le Martini, je dis d'un air absent :

– Je savais pas qu'on avait tant de bouteilles.

– Bien sûr qu'on en a beaucoup ! Mais tu comprends, l'alcool, ça ne sert à rien. C'est simplement mauvais.

Je m'aperçois qu'on parle de plus en plus doucement. Les mots sortent tout seuls. Parfois, j'ai l'impression de jouer au cinéma une scène de confidences et je m'écoute en train de chuchoter :

– Tu n'as jamais aimé boire ?

– Si, j'aime bien ça, répond-elle sur le même ton après m'avoir souri. C'est à cause de ton... Enfin, Bernard aussi, quel bonnet de nuit !

Elle rit sans faire trop de bruit par rapport à

d'habitude. Et puis juste après, comme si elle venait de s'en souvenir, elle dit :

– Non, et puis c'est calorique.

On se saoule et on discute jusqu'à tard dans la nuit. Vers trois heures, j'apprends par hasard que, de toute sa vie, elle n'a jamais été vraiment amoureuse et on s'endort tous les deux.

Le lendemain, je me réveille dans le canapé et la découvre tout habillée sur son lit. Je me dis : Merde, cette fois-ci c'est allé trop loin, ça va mal finir, mais c'est s'inquiéter pour rien puisqu'elle se réveille de super bonne humeur, trouve logique d'avoir encore sur elle sa jupe de la veille, et on part tous les deux m'acheter des vêtements aux Halles, encore à moitié bourrés. Je suis vraiment bien avec elle ce jour-là. Je l'aime comme avant, plus qu'avant, je ne veux pas essayer de comprendre. Le soir, on va tous les trois au restaurant, avec Alban, on rigole de ses histoires de filles. Je commande des huîtres de Marennes.

– Tu sais quel jour on est ? me demande-t-elle au dessert. Ça fait dix jours aujourd'hui. Et au bout de dix jours, tu peux enlever tes bandages.

On paie tranquillement avant de rentrer à la maison.

Ensuite, avenue d'Auteuil

Je suis devant le miroir, maman derrière moi, Alban est resté dans sa chambre. Donc on est tous les deux, tous les deux pour voir si ça a vraiment marché, si la guérisseuse n'a pas menti. J'enlève lentement une petite épingle à nourrice et je déroule le tissu qui recouvre ma lèvre, un morceau de chair blanche et rose, sans marque, de forme normale, classique, presque grecque, oh ça non, la femme n'a pas menti. Je suis, je suis...

Ce soir-là, je prends un miroir et passe la nuit avec.

Cyprien

L'AMOUR est un gros poisson. C'est visqueux et c'est gluant, il y a toujours des arêtes. Et puis ça rend idiot, on fait des phrases de bonne femme, on s'attache à des détails comme la couleur des lèvres, le timbre de la voix ou la taille des pieds. On emploie des mots évidents, des mots de tragédien qui sonnent toujours faux. Je pense qu'une belle histoire d'amour doit se dérouler en silence, ce qui m'arrange en l'occurrence.

Thomas

DANS l'ordre et dans la salle de bains, j'ai pensé à deux choses. Un, je suis pas mal. Ouais, putain, je suis pas trop mal, là. Bon, il reste une bonne centaine de défauts, la forme de ma tête, la teinte de la peau, l'implantation des cheveux, mais quand même... Deux, où est la lettre ? Elle n'était plus dans mon blouson. Où j'avais bien pu foutre cette lettre ? Impossible de me rappeler. Astrid l'avait écrite sur un ordinateur. Au début, ça m'a presque un peu dérouté, puisqu'une lettre d'amour, comme une lettre de motivation, ça s'écrit à la main. Tant pis, je serais un DRH extrêmement conciliant.

Plusieurs options. D'abord, le plus logique aurait été de retourner au lycée, de la revoir, de m'approcher d'elle le matin, peut-être de lui prendre la main, enfin non, c'est trop cucu, et je n'avais pas fini d'être totalement beau, je veux dire, dans la limite du raisonnable, puisque ma lèvre n'avait pas encore pris sa couleur définitive et invisible. En plus, au lycée, il y a Romain, et Astrid a spécifié que la lettre devait rester un secret entre nous. Du coup, j'ai pris l'option rédaction, seuls les points au-dessus de la moyenne comptent. Après avoir choisi un stylo plume à l'encre fluide, je me suis mis à ma table.

Astrid,
Chère Astrid,
Mon amour,

Avec les trois feuilles de papier, je fabrique un ballon de basket.

Bonjour,

Poubelle.

Qu'est-ce qu'elle avait mis, elle ? Un truc neutre,

Astrid,
J'espère que tu vas bien. J'ai pas mal changé ces jours derniers, tu ne me reconnaîtras

plus. J'ai plein de trucs à te dire. Ce serait bien qu'on se voie.

Corbeille à papier.

Astrid,
Je t'aime.

J'allume la radio.

Astrid,
Astrid,

Astrid, Astrid, Astrid. Astre ? C'est bon ça, Astre. L'astre de...

Tu es l'astre de... Il vaut mieux éteindre la radio. L'astre de...

Je sais très bien ce que je veux te dire. C'est très simple. C'est le mot qui est trop utilisé. Peut-être que c'est ridicule mais au moins, ça veut bien dire ce que ça veut dire. Je pense à toi sans cesse. *Je pense à toi tout le temps.* Je jette le stylo. Et tout d'un coup je suis lyrique, mais pour moi seul. Dehors, la pluie s'est mise à tomber. Toute cette eau qui sent le chocolat chaud et le scrabble.

Je pars dans un café en décidant sur le chemin

ne pas y être mal à l'aise. J'ai quinze ans, je bois seul du Van Houten dans une brasserie chic, et alors ? Dans un carnet, je continue mon travail, ma lettre, il y a quelque chose de bizarre avec cet exercice, la lettre d'amour, d'habitude, ça s'écrit tout seul, il faut juste poser le stylo sur une surface blanche et hop ! Je fouille dans les livres, j'ai emmené des livres, les pages claquent et font un courant d'air. Je sais qu'on me regarde ou plutôt j'espère. Mon visage neuf, peut-être qu'il sait comment séduire maintenant ? Il est encore un peu rose, je dois attendre quelques jours, la réparation est presque finie, juste quelques jours. Je repars sans noter un mot vers la Maison de la radio.

Serge n'est pas dans son bureau et je suis trempé. Je m'assois sur le fauteuil gris, qui me dit *pff* puis se tait complètement. Quand Serge arrive, j'explique mon bonheur, j'explique mon problème. Incroyable de pouvoir se parler comme ça. Il touche ma lèvre avec son doigt et j'essaye de ne pas sourire, c'est une superstition, si ça se trouve, elle va se déchirer de nouveau. Il ne dit rien mais prend un stylo, il ne parle jamais, écrit quelques mots sur une feuille de dérushage des années 70. À chaque fois qu'il veut me dire quelque chose, il fait comme ça, il écrit. Serge ne peut pas parler parce qu'il n'entend pas non plus. Du coup, c'est un homme très calme. On communique en général sur un tableau blanc Velleda, sauf pour les vraies discussions. Là, il sort le papier à en-tête d'un des anciens directeurs, Jané, Jannelé, Cannelé ou un truc comme ça, y en a un autre qui s'appelle Jean Mathieu. Mais c'est un peu énervant qu'il me reprenne sur l'orthographe au moment où je lui demande : « Et toi, t'aime qui ? » On a écrit un roman tous les deux comme ça. Souvent, je me dis que ç'aurait été mieux de n'écrire que dans un cahier, pour garder l'ensemble de nos conversations. Qui peut se vanter d'une chose pareille ?

Je reviens le voir tous les jours, je n'avance pas sur mon courrier, c'est vraiment trop difficile. Mieux vaut attendre encore un peu, quand la vie redeviendra normale, c'est-à-dire mieux que normale, quand on y verra plus rien et que je rentrerai au lycée. En attendant je n'envoie rien, il y a des tas de brouillons d'amour dans la tour centrale de la Maison de la radio, j'ai peur qu'elle ne trouve pas ça très... enfin j'ai peur, voilà. À deux, quand même, on arrive vaguement à quelque chose. Ce n'est pas que Serge soit un grand poète, mais il a les idées claires sur ce que veut dire aimer. Enfin je crois. Lui, sa femme l'a quitté, mais ça veut rien dire.

Étrangement pour cette période de l'année, le temps a été très gris. Au lycée, on s'inquiétait un peu de mon absence et il a fallu ignorer plusieurs courriers d'affilée, qui demandaient expressément de mes nouvelles. J'ai fini par recevoir un coup de fil de la scolarité, je me sentais un peu con en expliquant que j'avais subi une opération sur le pouce en quelque sorte, enfin disons au pied levé, enfin sans prévenir. Il était évident que je ne pourrais apporter aucun certificat médical. Mais maman a pris le téléphone et tout s'est réglé très bien. Alban séchait beaucoup les cours à ce moment-là. J'étais souvent dans sa chambre, derrière lui. Il faisait des trucs, passait des coups de fil, lisait des BD, je restais avec lui dans sa chambre.

Un jour, je reçois un message de Cyprien. Moi qui avais dormi trois jours et rêvais éveillé depuis, je n'avais même pas pensé à le prévenir de cette histoire d'opération. À ce moment-là justement, je suis dans la chambre d'Alban. Il me demande :

– C'était qui le message ?

– Cyprien. Tu vois qui c'est ?

– Ouais, j'en ai entendu parler. C'est un con. Enfin, disons pas vraiment un con, mais à ce qu'on dit... Tu vois, il se la joue à mort.

Franchement, Alban pense que ça craint de traîner avec un mec pareil.

Je suis complètement calmé. Absolument triste et calmé par ce que je viens d'entendre. J'arrive pas à croire que Cyprien ait une image de loser. J'insiste pas trop au début. En tout, c'est une phrase, une relance :

– T'es sûr de ce que tu dis là ?

– Ben ouais, plusieurs potes me l'ont dit, toi et lui, vous vous faites foutre de votre gueule, c'est pas bon, ça. Tu devrais plus voir ce mec.

J'aurais voulu me taire mais j'ai pas pu. De quoi il se mêlait, Alban ?

– Tu le connais même pas.

Il a répondu :

– Ouais mais moi j'dis ça, pas la peine de t'énerver, tu fais ce que tu veux, j'm'en fous.

– Et qu'est-ce que je fais maintenant ?

– Ben, tu laisses venir. Toute façon, t'as une bonne excuse pour pas le voir, en ce moment.

Je me force à croire que mon frère a raison, je ne dois plus y penser, il faut que je me renseigne, je déciderai plus tard. En plus, depuis un moment, j'ai l'impression d'être le centre du monde, ce qui ne m'aide pas à y voir clair, tout tangue autour de moi, tout s'enchaîne un peu vite. Alban et maman n'arrêtent pas de parler de moi entre eux, on dirait qu'ils montent une start-up qui s'appellerait : Thomas reboosting life, mother and son. Je les entends dans la cuisine. Alban pense qu'il faudrait encore m'acheter de nouvelles fringues, alors l'après-midi, on part tous les trois aux Galeries Lafayette et je suis relooké entièrement. C'est cool mais c'est bizarre aussi. Après, je dois aller chez le coiffeur. Encore après, on m'achète des verres de contact de couleur. Le soir, on discute de mon avenir. Il paraît qu'il faut que je réussisse maintenant, on va m'aider, mais il va falloir y arriver. C'est vrai que je leur dois bien ça. Pour papa, je m'en fous, puisqu'il s'en fout aussi, il travaille. Quand j'ai enlevé mon bandage, il a juste demandé si ma rage de dents ne m'avait pas fait trop mal.

Tard dans la nuit, quand les parents sont au lit, Alban me parle des filles comme à ses copains. Il m'explique tout par le menu, me fait tirer sur son joint et à deux heures du mat', m'annonce qu'il va me trouver une copine avant de me renvoyer dans ma chambre. Mais je ne sais pas trop quoi en penser, étant donné que je suis déjà amoureux, promis, casé, enfin presque, que je pense à Astrid à chaque minute, bref, tout ça me flatte mais me gêne aussi, encore une fois, il va falloir choisir.

Pourtant, sans aucune raison, je continue d'avoir peur. Pour rien. L'angoisse. Je me lave les dents et crache dans le lavabo. Je crache d'un peu haut, le dentifrice délayé par ma salive fait une auréole au fond, on dirait un champignon atomique. Une grosse tache et une auréole. Je reste à contempler ce dessin et je suis mort de trouille, ce truc blanc sorti de moi, c'est un mauvais présage. J'allume la télé pour me changer les idées, c'est le matin, les immeubles ont des têtes à jouer dans un film d'horreur, volets fermés, rideaux à flonflons, qu'est-ce qu'il se passe derrière ces fenêtres ?

C'est un vieux cauchemar que je fais de moins en moins. Je me réveille et il n'y a plus personne dans l'appartement, tout le monde a foutu le camp, alors j'allume la télé pour me distraire et là, j'ai une immense envie de pleurer. C'est bête, l'effet que peuvent me faire ces programmes du matin, les émissions culinaires, par exemple.

Elles sont la solitude même. Parfois, j'ai l'impression de regarder des centaines de personnes âgées dans des centaines de canapés affreux, qui suivent chaque matin la recette du jour. Et je sais ce qu'elles pensent. Que ça ne sert à rien d'apprendre à faire cuire un veau mariné sauce citron-citron vert, quand on sait qu'on sera seul à le manger. Quand je suis triste, la télé me rend encore plus mélancolique, mais je continue à regarder.

Je n'ai pas de raison d'être triste. Je n'ai pas de raison d'être triste. Je n'ai pas de raison d'être triste. Les après-midi, je vais mieux. Heureux-trop-heureux. J'ai rencontré beaucoup de monde pendant cette période, surtout des gens de la famille. Pour la première fois, j'ai dîné dans la salle à manger avec mes parents et leurs amis. Je n'ai pas dit grand-chose, mais on a formé une vraie famille ce soir-là. Je me suis dit : Voilà, je vais fonder une famille, ce sera calme, simple et heureux, c'est ça l'objectif d'une vie, faire des enfants et dîner avec eux dans la salle à manger, parce que j'aurai une salle à manger, étant donné que je serai assez riche, que je porterai un costume, que je serai respectable et respecté. J'ai eu cette idée, cette vision, et je me suis senti vraiment bien, complètement posé, comme si j'avais résolu un problème de maths ultra compliqué à rendre le lendemain. Je n'avais rien à faire qu'à attendre que la vie se déroule, et elle trouverait tout son sens d'elle-même. Je me suis imaginé dans un break, j'emmenais mes enfants au parc, on jouait ensemble, je les faisais rire, Astrid m'attendait sous un gros chêne à côté du pique-nique.

Parmi toutes les personnes que j'ai rencontrées à ce moment-là, certaines m'ont plus troublé que d'autres. Une sœur de papa est venue à la maison et a pris beaucoup de temps pour parler avec moi. C'est une artiste. Elle dit beaucoup : « Quand on est artiste... » Elle fait des peintures pas figuratives du tout que j'ai trouvées moches au début, mais ensuite elle m'a expliqué : tous ces traits sur la toile, c'est elle. D'un coup, j'y voyais plus clair. Elle a parlé de névrose et de dépression. Elle a dit que je pourrais être artiste comme elle, qu'il fallait se réaliser soi-même, extérioriser sa créativité et tout. Quand elle est partie, je me suis mis au travail. À mon âge, il est grand temps que j'extériorise, avec un peu de chance, il est pas trop tard. À l'aide d'un stylo, d'une feuille et d'une cassette des Red Hot, j'ai dessiné ce que j'entendais. J'étais complètement en transe et, à la fin, je me suis senti vidé, c'était agréable. Sur la feuille, tout un tas de traits nerveux ou calmes, de lignes, j'ai tout mis dans une enveloppe que j'ai adressée à Astrid, sans avoir le temps de l'envoyer, car le lendemain, avec le courrier, je recevais une nouvelle lettre d'elle, toujours écrite sous traitement de texte, et elle me donnait rendez-vous le vendredi soir vers minuit, près de l'hippodrome d'Auteuil. Plutôt craignos la nuit, elle n'a peur de rien. Mais ça tombait vraiment mal parce que ce soir-là, justement, Alban devait m'emmener avec ses potes pour graffer dans le métro, et je ne pouvais pas lui dire non, c'était plutôt emmerdant. Alors je suis allé le voir et il a été génial, comme d'habitude, il m'a tout de suite expliqué ce qu'il fallait faire :

– Primo, une fille, ça doit passer avant tout. En plus, si elle te file rencart au bois, c'est qu'elle a envie, tu vois. Alors tu vas y aller, tu fais ce que tu veux avec elle, ensuite tu m'appelles et on se retrouve quelque part.

J'étais soulagé, tout s'arrangeait nickel. Le truc, c'est que je ne retrouverais sûrement jamais Alban dans le métro, je sais même pas comment on y va la nuit. Alors j'ai plutôt pensé les rejoindre plus tard, genre à trois ou quatre heures du mat', parce qu'ils devaient tourner un scène de nuit pour leur film. Soulagé d'avoir réglé ce problème, j'avais quand même deux jours à attendre. Le premier, j'ai failli appeler Cyp. Je me suis enfermé dans ma chambre pour pouvoir être tranquille, mais sans oser composer le numéro, à cause de ce qu'Alban avait dit sur lui et moi. Alors, j'ai glandé toute la journée devant l'ordi ou à mater des DVD. Le second jour, vendredi donc, après avoir tenté de dormir vingt-quatre heures d'affilée pour faire passer la journée plus vite, j'ai commencé à me préparer. Trois plombes ! Une fille. J'ai tout sorti : les Levi's, les Dockers, les Carhartt et même un Diesel d'Alban, déchiré straight, plus un autre large et taille basse, après quoi je me suis décidé. Pour le haut, Quicksilver ferait l'affaire, après tout elle aime la mer et c'est une marque de surf, j'espérais bien lui faire un clin d'œil. Pour le bas, j'ai choisi d'office le fute avec le plus de poches sur les côtés.

Sur le chemin, dans le bois, atmosphère suffisamment peu rassurante pour se sentir vivre un peu, des mecs et des filles dans les talus, je me demande ce qu'il faut penser de toutes ces allées et venues. Des types arrivent seuls et repartent accompagnés, les buissons bougent et il n'y a pas de vent, parfois même les arbres rient entre deux hululements, je me rassure en me disant que c'est une bête.

À l'hippodrome, j'attends un long moment à me les geler. La chaleur de l'amour me fait bien rigoler. J'arrête pas de vérifier que personne n'a laissé de message sur mon téléphone. Sale petit con, je me dis. Alors, écoute-moi : dans cinq secondes, si t'as pas sonné, si t'as pas émis le plus petit bruit de sonnerie, le bip le plus ridicule, je te jette contre un arbre. Répéterai pas. Un. Deux. Trois... Bon, j'déconne, je vais pas te faire de mal, tu peux te détendre. Oui, clignote.

Je laisse tomber. Je me sens bien mais aussi inquiet et impatient, je m'invente la scène qui devrait arriver, mais comme je suis un peu superstitieux, j'essaye d'arrêter d'y penser, partant du principe que rien ne se passe jamais comme prévu. Du coup, à force de ne réfléchir à rien, de simplement grelotter, de passer d'une jambe sur l'autre en réajustant mon pantalon et de toucher ma lèvre toutes les trente secondes, je suis complètement rassuré quant au futur immédiat : je n'ai rien imaginé, la voie du bonheur est dégagée, il peut bien faire ce qu'il veut celui-là. En fait, voilà. Je me disais : Ça y est, c'est arrivé, c'est fait, je n'ai plus qu'à attendre encore un peu. Les dissertations me font un peu le même effet : une fois qu'elles sont pondues, on n'a plus à s'en faire, la note est plus ou moins bonne, mais il y a une note, ce n'est plus de mon ressort. Là, c'était pareil : j'ai semé, désherbé, taillé, c'est vrai que je me suis bien fait chier, et maintenant voilà, je récolte.

Mais personne ne venait et à minuit quarante-cinq, j'ai commencé à avoir peur pour elle. J'ai pris le chemin en sens inverse, puis j'ai fait le tour de l'hippodrome, de plus en plus paniqué, je me suis dit : Merde, ça y est, il lui est arrivé quelque chose. Je me le disais doucement et puis j'ai commencé à parler tout seul en disant merde, c'est pas vrai, merde, pendant ce temps-là l'heure continuait de tourner et je suis revenu au point de départ, au lieu de rendez-vous, sans parvenir à la trouver, du coup je me suis assis par terre et j'ai attendu encore un peu. Pas question de rentrer si elle se faisait agresser par un sadique à trente mètres d'ici.

Tout à coup, j'entends derrière moi :

Ensuite, avenue d'Auteuil

– Paraît que t'as embrassé ma sœur, connard !

Pas le temps de me retourner, quatre ou cinq mecs me filent déjà des coups de pied dans le dos et dans les côtes. Romain, lui, continue de m'insulter, comme quoi j'ai humilié sa famille, mais je comprends rien de ce qu'il dit, putain les gars, c'est quoi le problème ! Qu'est-ce que tu fous là ? Je prends un coup de pied dans les couilles, il paraît que le problème, justement, c'est moi, puis tout à coup Romain dit : Stop ! Je tousse en me tordant par terre. Le bois bourdonne, je me force à ouvrir les yeux. Romain dégrafe sa ceinture, sort sa queue et me pisse dessus, après quoi tout le monde part en courant sur le gravier. J'entends une glissade au loin et Romain qui gueule :

– Au fait, t'as le bonjour du facteur !

Je passe la main sous mon nez en sang et tombe dans les vapes.

Franck

MOI, je parle pas trop, depuis que je suis tout petit. Celui qui dit tout, il se fait pas respecter, c'est un truc que je sais. Même la famille, elle doit pas tout savoir. J'ai pris Michel entre quat'z'yeux pour qu'il comprenne bien ça. Je lui ai dit : « Jouer au con, c'est pour les autres. Nous, on doit faire gaffe, tu piges ? » J'ai posé mon mug de café sur la toile cirée de la cuisine et je suis parti bosser. On avait un ciel lourd d'avant l'orage, et très brillant. C'était humide partout, comme si le sol était métallisé. Avant de passer derrière le comptoir, j'ai fumé un joint dans la cour, sur les cartons. Je pensais : Y a vraiment rien à regarder, et j'ai tiré une dernière latte à m'en cramer les doigts, jusqu'au carton, ensuite je l'ai jeté par terre en gardant la fumée longtemps. Du coup, pendant une heure, je pensais plus à rien.

Vers neuf heures et demie, une femme est arrivée que j'ai reconnue tout de suite, celle de l'appart, elle s'est pointée pour acheter des timbres. Elle regardait dans son portefeuille : « Un timbre, s'il vous... », et elle s'est rendu compte. J'ai répondu : « Tout de suite, madame », pour couper court. Une brune assez grande, y a un truc qu'elle dégage, un truc qu'on remarque. En partant très vite, elle a failli manquer la porte.

Bad trip, j'étais salement emmerdé. Comme elle savait où je bossais et qui j'étais, j'ai décidé de la suivre, des fois qu'elle irait chez les flics. D'abord, elle a marché assez lentement dans les rues, elle allait nulle part en fait. J'ai pensé : Si ça se trouve, elle se rend compte que je la suis, alors j'ai pris mes distances, mais elle continuait à aller n'importe où, comme ça, à traîner à droite à gauche en regardant par terre. C'était bizarre. Je savais pas trop quoi penser d'elle, vraiment une bourgeoise, du genre friqué et tout. En la suivant de loin, j'arrêtais pas de l'imaginer chez elle, dans sa cuisine surtout, j'avais le souvenir de la première fois où je l'avais vue. Elle s'est assise sur un banc où il y avait du soleil. Et puis, après un moment, elle s'est cassée presque en courant, avec son p'tit manteau rouge, et du coup je l'ai perdue de vue parce que j'étais posté trop loin. Salope, je me suis dit, elle va tout droit aux flics, elle a réfléchi et elle va me donner.

À côté du banc, y avait deux mégots fumés en un quart d'heure à peine. Je me suis assis et j'ai vu passer un mec, le p'tit qui s'était pointé une fois pour m'acheter de l'herbe avec son pote. La femme s'était barrée en le voyant arriver, et du coup j'ai fait le lien entre les deux. Il m'semblait bien aussi. Le gamin vraiment, c'était le fils de sa mère, il marchait lentement, les yeux posés sur ses pompes. Je lui dis :

– Hé, mec !

Il sursaute.

– Tu fais quoi, là ?

– Rien.

– T'es sûr ?

– Ben ouais, j'fais rien, pourquoi ?

Et là, je sais pas ce qui m'a pris, j'ai dit :

– J'ai de la super skunk pour toi. De la pure herbe, c'est pour toi si tu veux.

Il a commencé à repartir en disant qu'il avait pas d'argent, mais je l'ai retenu en me mettant sur son chemin.

– T'as pas compris, je te la donne. On s'arrangera après.

Il en voulait pas, ça commençait à me saouler, alors je l'ai embobiné :

– Attends, tu comprends pas, là. Je te la file et on verra plus tard. Pas de souci. On est potes, non ? Tu sais que tu peux me faire confiance. Je fais goûter à tout le monde, c'est normal. Si t'aimes, t'achèteras plus tard.

Il a fini par accepter en me donnant rendez-vous ici le lendemain, à la même heure, mais ça collait pas avec mes plans. J'ai dit :

– Chez toi, ce sera plus discret.

Mais il voulait vraiment pas, alors j'ai insisté. Comme je savais pas quoi dire, j'ai sorti que j'allais pas lui filer la beue au milieu de la rue, mais il a répondu :

– Pas chez moi non plus.

Et comme j'avais pas le cœur à en rajouter, on s'est mis d'accord pour Beaugrenelle. Du coup, le lendemain, j'ai perdu vingt euros pour rien.

Toute la semaine, ça m'est pas sorti de la tête. Fallait croire que la femme n'était pas allée aux flics, vu qu'on me foutait la paix. C'était louche quand même. Moi, à sa place, y a longtemps que je serais allé me venger. Je me suis dit : Cette conne, elle doit pas avoir le temps ou elle a trop la flemme, ou alors elle a des trucs à se reprocher. Je suis resté sur cette idée, c'était la seule explication. Qu'est-ce qu'elle pouvait bien avoir fait pour flipper d'aller chez les keufs ? J'essayais de penser à autre chose mais pas moyen, j'avais trop envie de savoir. La nuit, elle était dans mes rêves. J'aurais voulu aller voir ma grand-mère, la vieille, pour qu'elle me tire les cartes, mais Dieu sait ce qu'elle aurait vu, et elle m'aurait peut-être pas tout dit.

Au moins j'avais le fils, je sentais bien que je me le mettais dans la poche petit à petit, même si ça me plaisait qu'à moitié. Il vivait avec elle et, franchement, ça me faisait mal de les imaginer tous les deux à table, et puis avec le mari aussi, peut-être même d'autres frères et sœurs. Mais assez vite, j'ai appris que non. Un matin, je le vois passer devant le tabac, je sors sur le trottoir et lui paye un café. Pour bavarder, quoi. Là, j'ai appris qu'il avait pas de père, il en a pas dit plus.

Un jour, c'était vers neuf heures, J'aperçois la femme dans la queue des clopes. Elle demande une grande enveloppe, je vais la chercher, et au moment de la donner, je sens un truc en plastique dur dans ma main. « Merci, au revoir. Au revoir, madame. » Je regarde : elle m'avait glissé la carte d'identité entre les doigts. Du coup, je savais vraiment plus quoi penser.

Après, elle revenait acheter des trucs presque tous les jours, et à un moment, c'était comme si je la connaissais bien. Je lui donnais ce qu'elle voulait et je glissais un mot en plus. D'abord, je l'ai remerciée, mais en appuyant bien le merci, pour qu'elle comprenne que c'était pas juste merci de m'acheter des timbres et des Fisherman's Friend. Elle venait à des heures différentes et j'attendais tous les jours. Je cherchais un truc nouveau à dire à chaque fois. J'ai dit mon prénom. Elle a répondu : « Moi c'est Clara », et on s'est serré la main. J'avais plutôt envie de sourire. Une autre fois, on a plus parlé. Elle voulait savoir des trucs sur le prix des cigarettes, combien on percevait dessus, voilà, des trucs comme ça. Je lui ai dit que c'était surtout les Snickers et tout ça qui nous faisaient gagner de l'argent, alors elle a pris un Mars, pour son fils, c'est ce qu'elle a dit.

Ça a continué comme ça pendant plusieurs jours, toutes les fois on se serrait la main. Elle disait : « Bonjour, vous allez bien ? » et je savais pas quoi répondre ou alors juste oui. Qu'est-ce que je pouvais répondre d'autre ? J'allais pas sortir que mon oncle était un con, ni que je planais en la voyant parce que je venais de fumer. « Merci, au revoir. Au revoir, madame. » Elle a les ongles très roses avec juste un peu de blanc au bout, mais très blanc, carrément classe. Les miens, y en a plus, ils sont rongés jusqu'au milieu.

Pendant le week-end, j'ai encore revu son fils. Il s'appelle Cyprien. Je lui ai fait répéter :

– Tu t'appelles comment ?

– Cyprien, mais vas-y, laisse tomber.

Je me suis marré. Lui aussi, finalement, je commençais à bien l'aimer. Il voulait tester d'autres trucs, LSD ou ecsta, de la coke si c'était pas trop cher. J'en avais chez moi, alors on y est allés. Je voulais pas qu'il entre, c'était trop le bordel, les frères jouaient à la console dans le canapé, et je me suis rendu compte qu'il était complètement défoncé, des gros bouts de mousse sortaient d'un accoudoir. C'est pas comme si je le savais pas, mais j'avais jamais fait trop gaffe. J'ai dit à Cyprien de s'asseoir (putain, Cyprien, c'est trop nabot comme prénom !), mais je faisais pas le fier. En fait, on peut dire que ça s'est passé correctement, parce qu'il a joué à la console avec les frères, et il avait l'air de s'marrer. Pendant ce temps, je préparais un petit sachet de coke dans ma chambre, pas trop non plus, y en avait pour cinq cents balles. J'ai fait deux lignes sur un miroir de poche et je lui ai tendu, avec un stylo Bic vide. Il a dit :

– Commence, toi.

Comme il avait jamais essayé, il voulait pas se shooter tout seul, mais moi j'en prenais plus depuis un an, c'est ce que je lui ai dit. Il a hésité un peu encore, puis il a attrapé le Bic en me regardant bien droit et il s'est fait la ligne. J'ai dit :

– D'habitude, ceux qui commencent, ils sautent partout et après ils s'affalent sur le canap'.

Il disait rien mais ça avait l'air tranquille. J'avais l'impression qu'il réfléchissait super vite à plein de trucs. J'ai rangé le bordel en mettant une petite pochette gratos dans la poche de son blouson. Quand je me suis retourné, j'ai demandé si lui et son pote avaient bien aimé l'herbe de la dernière fois.

– Mon pote, il a disparu.

Après, on s'est mis à la fenêtre et on a un peu parlé en matant les gens dehors. Il trouvait que la coco c'était pas mal, mais qu'il en prendrait plus pour pas s'habituer. Là, c'était un extra, comme il disait, pour faire passer le temps parce qu'en ce moment, il passait pas très vite, le temps en question. Comme on pouvait nous voir par la fenêtre, j'ai fermé les rideaux, ça m'aurait fait chier qu'on sache qu'il était chez moi, parce que d'accord, il est cool, mais on est pas du même monde. Moi, les fils à papa, c'est ce que je me suis dit tout d'un coup, les fils à papa, je les emmerde. Ça m'a énervé de me dire qu'il y en avait un chez moi alors que personne ne vient jamais d'habitude, c'est monté d'un coup, ça m'a collé les nerfs. En plus, je lui faisais un prix à ce fils de riche, il tripait pour presque rien. Ensuite j'ai oublié, comme quoi, j'étais vraiment zen à ce moment-là, même moi ça m'étonnait.

Le lundi d'après, Clara n'est pas passée, ni le mardi, ni les jours suivants. Une fois de plus, j'avais eu raison, c'était juste des profiteurs tous les deux. Alors quand je l'ai vue rentrer chez elle un jour, j'ai failli lui casser la gueule. Je l'ai chopée après la première porte, dans l'entrée de l'immeuble, j'ai voulu la plaquer contre les boîtes aux lettres mais je me suis arrêté à temps, je lui ai juste pris les poignets. Elle a gueulé :

– Qu'est-ce que tu fous là !

J'ai dit :

– T'as pas à me tutoyer !

Elle s'est dégagé une main pour sortir un truc de son sac et j'ai reconnu le sachet de coke.

– J'ai trouvé ça dans sa poche. C'est toi qui lui as donné ! Ose me dire que c'est pas toi !

J'ai pas démenti. J'avais envie de la voir tout d'un coup. Je voulais pas lui lâcher l'autre poignet, alors j'ai juste serré moins fort, j'ai relâché doucement, c'est là qu'elle m'a embrassé comme une folle. On est montés chez elle, c'était taré, complètement taré, j'en pouvais plus tellement j'avais envie d'elle. Derrière la porte, je l'ai encore embrassée et elle a ouvert ma chemise, alors j'ai soulevé sa jupe et je l'ai prise à ce moment-là. Malade. Après, je savais plus quoi faire, j'ai regardé autour de moi, on voyait le salon par une porte ouverte et un couloir qui partait, et je m'suis senti mal sans raison alors j'ai dit : « Faut qu'j'me casse », et elle a pas cherché à me retenir.

Anne-Sylvie

MA vie se porte comme un charme. Comme. Un. Charme. Je me fais inviter partout, je n'ai pas un moment de libre, je ne vois jamais mon mari. Et puis je vis une passion. Je raconte.

D'abord il y a eu ce cocktail, c'était il y a quelques semaines. J'en ai un peu rajouté dans l'insinuation érotique, en le racontant à mes copines. En fait, c'est juste que le traiteur s'appelait Pignol, et quand je m'en suis rendu compte, ça m'a donné des idées. Se pignoler, c'est gentil et c'est coquet, mais ce n'est pas mon genre de beauté, et le directeur financier qui naviguait alors dans les bulles de champagne, je l'imaginais bien loin de tout ça, c'est un homme, lui, un vrai. Ce soir-là, ça avait bien accroché entre nous, il m'avait trouvée spirituelle, je pense. Il faut dire que la conversation était à mon avantage puisqu'on a parlé peinture et que je m'y connais, je fais toutes les expos. Il faisait d'inimaginables insinuations à propos de Gauguin et des Tahitiennes. Il me prenait par le bras, m'emmenait d'un groupe à l'autre, Anne-Sylvie, je vous présente X, je vous présente Z, je vous présente tout l'alphabet. À ce moment-là, j'avais très envie de lui, mais pas seulement. Souvent, je croise des hommes qui me font un peu d'effet, mais aucun avec qui je pourrais sortir ou recevoir à dîner en gardant toute ma fierté. Lui, oui. Des choses qui ne se font pas, là était mon idée fixe. Des toilettes, des vestiaires, des ascenseurs, j'aurais dit amen à tout.

Seulement il y avait le ballot, mon vieux pote Bernard avec qui je dors depuis vingt ans. Ah ! il jouait aussi au coq ce soir-là. Je le fuyais, de peur qu'il ne gâche tout, mais en fin de compte il était occupé lui aussi, et je préfère toujours le voir bavarder de la vie financière plutôt qu'il ne traîne de groupe en groupe en se faisant éjecter comme une boule de flipper, ou pire encore, qu'il ne regarde par la fenêtre en faisant semblant de s'intéresser aux voitures garées sur le parking (cela étant, mon bon ami s'intéresse beaucoup aux Mercedes).

Donc, nous étions repartis, mon mari et moi, vers les nouvelles aventures du quotidien. C'était l'anniversaire de Thomas. Il ne se doutait pas, à l'époque, qu'on finirait par faire quelque chose de son faciès et, je dois l'avouer, je l'aime beaucoup mieux à présent. La vie est merveilleuse. Nous étions dans la Mercedes de Bernard, lui au volant (moi, je ne conduis que ma Mini), et je sentais chauffer dans la poche de mon Burberry sport la carte de visite du directeur financier. Je prenais un drôle de pied, très doux, rien qu'en la touchant.

Quelques jours après, il y a un épisode que je préfère oublier et je laisse passer quelques semaines. Puis, courageusement, je le rappelle. Mais il est parti en voyage d'affaires, ce qui me déçoit et me ravit, Bernard n'a jamais su décrocher un rendez-vous au-delà de la petite couronne. Et là, il y a deux jours à peine, coup de téléphone. Bon. Je décroche. Qui au bout du fil ? Mon dir-fin.

– Je peux vous appeler dir-fin ? Comment ! Personne n'avait eu l'idée de ce surnom ? Il vous plaît ? Ah, mais j'en suis ravie !

Le soir même, je me fais inviter à La Tour d'Argent. On bavarde toute la soirée, c'est quelqu'un de très cultivé. Il m'appelle « très chère » à vingt et une heures, « darling » à vingt-deux et, vers minuit, il crie mon nom dans une suite de l'hôtel Méridien. Juste après, je découvre qu'il est marié.

La belle affaire. Cela me déroute au début, il faut toujours faire un effort pour dépasser les conventions, le classicisme, la norme. Moi, je vivais une passion et ne souhaitais pas négocier, il s'agissait d'en profiter au maximum.

Le lendemain matin, je pousse un long soupir dans le canapé du salon, puis vais à la cuisine me préparer une décoction médicinale qui facilite le sommeil. Il faut dire qu'il est bien tard, ou bien tôt. Thomas n'est pas rentré de la nuit, je crois qu'il est avec son frère, c'est très bien qu'Alban lui enseigne un peu toutes ces choses, ce qu'il faut savoir. C'est vrai qu'il y a peu, je ne l'aurais pas laissé faire. Laissé faire quoi, d'ailleurs ? Je ne sais même pas où ils sont ! Sans doute, Alban l'aura emmené dans une soirée de jeunes gens, pour qu'il rencontre un peu de monde, il est encore assez sauvage. Tout de même, me dis-je en effeuillant les plantes, le soleil est déjà levé et ils ne sont pas rentrés. Pourvu que Thomas n'ait pas dit de bêtises en public, il n'a pas tellement l'habitude. Enfin, je lui donne sa chance, il faut savoir être un peu patiente. Après tout, il a sûrement aussi des ajustements à faire, Alban lui montrera. Mon Alban. Thomas a fait de gros progrès et en si peu de temps ! Il est mieux habillé, se tient plus droit, il faut dire qu'il a de bons coaches.

Je cligne des yeux deux ou trois fois et pose mon bol brûlant sur un plateau, tout près d'une petite boîte de sucrettes. Avec le tout, je retourne dans le salon. Tout à coup, le téléphone sonne. À cette heure ! Comme je n'ose pas répondre, je vais réveiller Bernard qui n'a rien entendu, et quand il décroche, c'est un peu vaseux. Il ne dit rien. Il a l'air... Je demande :

– Mais quoi ! Mais quoi ! Qu'est-ce qu'il y a à la fin !

Il me fait signe de me taire, alors je fulmine. Et en raccrochant, il dit qu'il est arrivé un malheur.

Thomas

En ouvrant les yeux, je vois un arbre. Enfin c'est surtout le ciel que je vois en l'occurrence, l'arbre, c'est un négatif. Je me traîne vers chez moi en reniflant, de la boue sur les vêtements et plein les mains. À la sortie du bois, il y a plus de lumière. À ma montre, trois heures et quart. Putain, merde ! Trois heures et quart ! Est-ce que je me suis endormi ? Il faut que je me nettoie. L'eau de la fontaine Wallace est glacée, cette conne. Je me retiens de l'insulter parce que c'est débile d'insulter une fontaine, et me lave le visage avec ce filet froid. Mais ça me brûle tellement qu'à la fin, j'en peux plus et je la traite de salope, de vieille fontaine de merde, je lui dis : « Tu comprends rien à rien, toi, t'es tranquille, tu pisses toute la journée ! » Je gueule : « Connasse ! », et une fenêtre s'allume dans un immeuble en face, des chiens aboient, je me sens con en m'asseyant par terre. Dans la poche de mon blouson, l'écran du portable a explosé, il est devenu tout noir mais on peut toujours appeler. Je vérifie : pas de message d'Alban. Je prends encore un quart d'heure pour essayer de comprendre ce qui s'est passé ce soir, puis je lui téléphone. Il dit qu'on peut se retrouver rue du Ranelagh, il y sera dans une demi-heure, il trouve que j'ai l'air bizarre.

Quand j'arrive, quatre de ses potes sont avec lui, je connais vaguement celui qui s'appelle Florian. Ils sont tous en train de se marrer, et même si je ne suis pas trop à l'aise, ça me fait du bien de voir mon frère. Je lui raconte ce qui m'est arrivé, il répond en croquant dans un Snickers :

– Ah ouais ? Pas cool.

Puis il me fait monter dans le caddie pour tourner une scène. Donc, je serai dans le film.

Tous les copains d'Alban ne sont pas des flèches. Y en a un qui me regarde en plissant les yeux, s'approche à dix centimètres de ma figure et dit :

– Hé, Mike Tyson, on dirait que tu viens de te faire ton premier œil au beurre noir !

D'ordinaire, ça m'aurait fait flipper d'apprendre qu'un œil au beurre noir était en train de se former sur mon visage, mais là, j'étais en vacances de sentiments et j'ai juste haussé les épaules. Florian a dit que, au moins, il me serait arrivé quelque chose ce soir, mais comme Alban n'a pas ri, il s'est senti con.

J'ai fait semblant de m'amuser mais je n'avais le cœur à rien. On a tourné la scène, un truc du genre *Jackass* où le but est de se faire mal, j'avais la gueule pour le casting. Il fallait se mettre dans le caddie et descendre la rue à fond, pendant que les autres nous balançaient des trucs à la tête. Je me suis pris une planche de bois mais, dans l'ensemble, ça s'est bien passé. À la fin, Alban a dit que c'était dans la boîte, et on est allés s'asseoir sur les bords de Seine, en face de l'île aux Cygnes. Le soleil émergeait et j'ai commencé à me sentir mal, à cause des couleurs de Paris et d'autres trucs un peu trop majestueux. Chaque fois que je levais les yeux, j'avais mal au ventre, et si quelqu'un me regardait, je priais pour qu'il ne me parle pas. N'importe qui m'aurait demandé l'heure, j'aurais pas pu répondre. Le soleil gagnait, la brume s'élevait sur la Seine, les premiers bateaux, les lumières dans les tours de Beaugrenelle, je me sentais de plus en plus flou.

Les autres rigolaient. Ils buvaient du whisky dans des mini-bouteilles. Une fois ou deux, j'ai tenté une phrase, presque rien, juste pour voir si c'était possible. J'ai dit :

– Ce film, il va être trop bien.

Léger flottement. Je ne suis même pas sûr d'avoir vraiment parlé, en tout cas, personne n'a rebondi. Je crois que si Alban avait répondu quelque chose, je serais sorti de cette nuit horrible. Mais là, je suis resté enfermé : le monde d'un côté, moi de l'autre, une grosse vitre entre les deux. Je me suis dit que ma vie et mon espace n'étaient pas autre chose qu'un putain d'aquarium, tout petit et bien hermétique.

Le RER traversait la Seine. Il est passé au-dessus de nos têtes et Alban a eu l'idée de tourner un plan sur le pont du train, comme si quelqu'un se faisait écraser. Florian a dit :

– T'es malade ou quoi ?

Mais Alban était sûr de lui, il y avait un passage à côté des voies pour les ouvriers de la maintenance. Florian voulait toujours pas le croire, alors on a sauté les portillons, carte orange en poche, et on s'est agglutinés au bout du quai, dans le prolongement du pont.

– Tu vois, a dit Alban en se retournant vers Florian, on peut passer par là.

– Hein ! Mais c'est vachement trop petit !

Alban s'est approché de moi et m'a dit à l'oreille :

– T'inquiète pas, c'est juste pour leur foutre les boules.

Là-dessus, un RER arrive et Alban se jette sur les voies. Personne n'a rien capté d'abord, à cause du crissement des freins et puis on ne voyait pas bien. Mais quand ils s'en sont rendu compte, ses potes ont commencé à courir dans tous les sens en l'appelant et en regardant partout sur les rails. Florian s'est même penché et il est descendu. C'est là qu'Alban a fait : « Surprise ! » en levant la caméra au-dessus de sa tête. Tout le monde lui a dit qu'il était malade, complètement taré de faire des trucs pareils. Il faut dire que même moi, qui étais prévenu, ça m'avait carrément stressé. Un palier venait d'être franchi, on était en plein dans le bizarre.

Ensuite, on a encore un peu traîné sur le quai à visionner la séquence, et ils ont décidé que ça rendait bien de faire des trucs avec les trains, mais qu'ici c'était trop dangereux. D'ailleurs,

Florian connaissait un endroit sur la ligne C où on pourrait tourner tranquilles.

Il fallait descendre à une station un peu en dehors de Paris, tout près d'une gare de triage. Les locomotives entraient dans un gros bâtiment en étoile avec au centre des rails pivotants. C'est comme ça qu'on les dirigeait dans l'un des douze ou quatorze boxes, pour les réparer. En dessous, il y avait des fosses profondes pour les mécanos. Florian avait déjà graffé là-bas. Moi, je ne voulais pas tellement y aller. Ce que je voulais, c'était ma chambre, mes meubles, arrêter cette nuit de taré. Mais il fallait que je parle à Alban, lui raconter ce qui m'était arrivé. Vraiment, j'en avais besoin.

Seulement, quand on a été assis dans le RER, tout le monde s'est plus ou moins endormi, lui comme les autres. Vers Gennevilliers, je l'ai un peu secoué en chuchotant :

– Alban ! Alban, faut que je te parle.

Il s'est mis à grogner, s'est retourné, s'est rendormi, alors j'ai pas insisté. Dehors, le paysage était merdique et déprimant mais je l'ai regardé quand même, j'étais trop fatigué pour dormir. Ça doit être comme ça, je me suis dit, la mort.

C'est moche, mais on regarde quand même, parce qu'il n'y a plus rien d'autre à faire.

Du coup, à la gare d'arrivée, on est six zombies dans le gaz, on ne parle plus, c'est qu'il est bien sept heures et demie du matin. L'endroit est vraiment incroyable, des caténaires tendues partout, l'odeur du mazout et les locomotives énormes, l'une d'elles est même complètement désossée. Alban n'a pas envie de traîner, dormir un peu l'a mis dans un sale mood, et en plus d'être fatigué, il est plutôt bourré. Enfin bref, c'est que du détail. Ce qui est important, c'est ce qui se passe après : c'est Alban qui veut en finir avec cette histoire, qui dit : « On fait juste un plan et on se barre, alors il faut que ce soit classe », c'est Alban qui décide d'une contre-plongée, qui monte sur le marchepied de la locomotive, le marchepied d'abord, c'est moi qui le regarde monter sur le toit de la loco, il règle la caméra, chacun se met en place pour la scène, Florian s'allonge sur les rails, Alban fait ses réglages, il est accroupi, c'est moi qui me frotte les yeux, qui regarde mon frère, c'est Alban qui donne des indications, Alban qui se lève pour mieux voir, se déplie, qui touche de la tête la caténaire, juste frôlée, qui reste collé à la caténaire, collé par la tête, les cheveux tout droits, aimanté pendant une dizaine de secondes, puis la caténaire le lâche, Alban retombe sur le toit puis glisse lentement sur le côté, et tombe enfin sur les rails.

Thomas

FLORIAN s'est approché du corps et a demandé :

– Est-ce qu'il est mort ?

Alban faisait une tête affreuse et du sang coulait de son nez. Tout le monde s'est mis à paniquer, un des mecs a dit :

– Il faut pas le toucher !

Mais Florian, lui, voulait le retourner pour le mettre sur le dos. Je voyais la scène de loin, la bouche grande ouverte. Ensuite j'ai entendu :

– Putain, p'tit, qu'est-ce que tu branles ? Appelle quelqu'un ! Fais quelque chose, merde !

Je ne bouge pas, mais me répète doucement cette phrase. Le mec me secoue en gueulant :

– Tu te bouges le cul ! Et puis merde, c'est pas mon problème, je me casse, moi !

– C'est ça, dit Florian, vous avez qu'à tous vous barrer, bande de connards !

Tout le monde part, nous laisse seuls tous les trois, Alban, Florian et moi.

Les pompiers arrivent un peu après. Ils sont très professionnels, c'est rassurant. Ils diagnostiquent la mort en quelques secondes. L'un d'eux s'approche et me demande si je connais la famille, et comme je ne réponds rien, Florian dit que c'est moi la famille, enfin une petite partie, et cherche dans son portable le numéro de chez mes parents. Ils posent Alban sur un brancard et le montent à l'arrière du camion, puis reviennent me chercher. On m'assoit à côté de Florian. Il craque sur le périph. On va à l'hôpital pour la forme, mes parents y sont déjà. Un pompier me fait descendre de l'ambulance et me conduit vers eux. Je vois maman, elle a l'air d'une vieille, elle est affreuse sans maquillage, toute courbée, elle parle comme une camée et dit qu'elle veut mourir. Mais au moment où elle m'aperçoit, elle se reprend, marche vers moi et commence à me donner des claques, puis à me taper avec son sac à main, tellement qu'il faut nous séparer.

On est restés toute la journée à l'hôpital. Je reprenais vie petit à petit. Je me sentais couler comme une stalactite, j'étais en train de fondre, j'avais de moins en moins froid. Il fallait remplir des papiers. Pendant trois ou quatre heures, j'ai attendu dans le couloir. Je regardais passer les gens, je ne me disais rien du tout. Vraiment rien. Des informations me parvenaient toutes seules, le vert des carreaux au mur, des sonneries de téléphone, des affichettes sur les panneaux d'information, d'autres panneaux, ophtalmologie, institut médicolégal, réanimation néonatale, des feuilles A4 scotchées au carrelage, « Cantique, La Chorale Vous Propose », imprimé en Comics 100 MS, une police de caractères rigolote.

Ensuite, un médecin est venu me voir pour me demander si j'allais bien. Il m'a emmené dans une pièce et m'a fait m'allonger sur un lit en plastique, pour faire un scanner à cause de mon œil au beurre noir. Il a demandé :

– Tu t'es battu ?

– Oui.

– Avec ton frère ?

– Non

– Avec qui ?

– Romain.

– C'est qui, Romain ? Il était avec vous à la gare de triage ?

Je continuais à fondre, recommençais à réfléchir normalement. Qu'est-ce que je devais dire ? D'un côté, il valait mieux se taire, on n'avait pas le droit de traîner par là-bas. En racontant tout, je risquais de foutre Alban dans la merde. En même temps, c'était peut-être mieux de tout dire. Après tout, c'était pas de sa faute non plus, c'était pas vraiment son idée... Derrière la vitre, on a fait un signe au médecin et j'ai vu un infirmier avec Florian dans la pièce d'à côté, il y avait un flic aussi. Là, j'ai commencé à paniquer, à sentir que j'avais vraiment fondu cette fois-ci, tout recommençait à bouger à l'intérieur. J'ai pensé : Merde ! Qu'est-ce qu'il faut que je fasse ? Que ferait Alban à ma place ? C'est à ce moment-là que j'ai réalisé, et je me suis mis à chialer comme un môme.

On est repartis le soir à la maison. C'était hyper long, ce retour, en plus il y avait des embouteillages mais, heureusement, j'étais à l'arrière. J'avais froid et envie de vomir. Je priais pour que personne ne parle, et personne n'a parlé. Papa a calé deux fois et la voiture a fait des bonds en avant. Je me concentrais sur le bruit de l'essence qui cognait les parois du réservoir à chaque feu rouge. Arrivée chez nous. Toutes nos affaires, tous nos meubles, rien n'a changé de place, tout est absolument identique à ce que j'ai quitté la veille. Je n'ai pas sommeil, mais je vais directement dans ma chambre et reste une heure à ne rien faire. Ensuite, je passe dans celle d'Alban et prends quelques affaires, que je ramène dans la mienne.

Le lendemain, je continue, pendant que mes parents sont aux pompes funèbres, je vide presque toute sa chambre. Quand papa s'en est rendu compte, il est venu frapper à ma porte en gueulant de tout remettre à sa place, sinon. Mais heureusement, j'avais fermé à clé et placé une commode derrière la porte, du coup il n'a pas pu entrer. Après une demi-heure à hurler dans le couloir, il a donné un dernier coup de pied, sa chaussure a traversé la porte, puis il s'est dégagé et il est parti.

J'ai fait le tri dans les cassettes et les CD d'Alban en les classant par ordre alphabétique. Du coup, j'ai tout réécouté, ces vieux machins enregistrés à la radio, où il manque le début et la fin, avec des jingles d'il y a mille ans (Skyrock, plus de tubes, tubes, tubes, moins de pub). Par exemple : je prends une cassette au hasard, c'est une compil qui commence avec les Guns 'n' Roses et continue sur les Boo Radleys. Il y a aussi quelques groupes FM comme les Hanson, je me souvenais pas qu'Alban aimait les Hanson. Plus tard, je tombe sur la BO de *Rocky*, les Pink Floyd et une chanson de rap pas mal qui dit « *Mother hate you, mother fuck you* », pendant bien cinq minutes. Puis U2. Ringard. Ça m'étonne de trouver ça ici. Crash Test Dummies, leur tube : *Mmmmmmmmmm*, et puis Cats in The Cradle *(Little Boy Blue and a Man on a Moon)*, j'écoute encore, *Today is gonna be the day that we're gonna flying back to you*, puis de nouveau Oasis, *What's The Story, Morning Glory*. Toutes ces chansons me rappellent plein de trucs. J'aurais eu honte d'avoir des cassettes pareilles, mais là, c'est bien. *I say maybe, you're gonna be the one that saves me.* Oh, putain ! Je m'endors à cinq heures du mat', sur les premières mesures de *Tostaky*, Alban a eu une période rock, mais ça lui a bien passé.

Deux jours après, c'était l'enterrement. J'ai enfilé mon pantalon Geda et mes nouvelles pompes, je me suis habillé tout en noir. J'ai mis longtemps pour me préparer, hésitant entre plusieurs trucs, et quand je suis sorti de ma chambre, les parents étaient déjà partis, alors j'ai dû les rattraper en courant dans l'escalier.

– T'as failli être en retard, a dit maman.

J'ai claqué la portière et on est partis à l'église.

Je ne suis pas devant le cercueil, mais au deuxième ou troisième rang, avec les copains d'Alban que je n'ose pas regarder. Ça s'est fait comme ça, je ne savais pas où me mettre, personne ne m'avait dit quoi faire. Je me suis réfugié sous un radiateur à gaz et j'ai laissé les filaments rouge orangé me brûler le visage en suivant les courants d'air. Ensuite, il a fallu chanter. On a béni le cercueil. Moi, j'ai regardé par terre tout ce temps-là et au moment de mon tour, j'ai failli lâcher la branche.

Comme je ne savais pas comment me tenir ni quoi faire exactement, j'ai laissé mon visage décider à ma place. Pas de mouvement parasite. J'ai murmuré : « Mon visage sera pur », sans bien comprendre ce que ça voulait dire. Florian m'a regardé comme si j'étais débile. Alors je n'ai plus rien commandé du tout, laissant mes muscles se battre autour de mes yeux et de ma bouche, et tirer dans tous les sens. À un moment, j'ai cru que ça allait mieux, que j'étais moins tendu, et c'est là que tout a lâché. Une sorte de sourire, un peu forcé. D'un coup, les pommettes montent, les yeux descendent et je reste sans bouger. C'est presque agréable. Je me laisse emporter, c'est tout, j'ai les joues qui brûlent comme après un coup de soleil. Un moment, j'ai envie de me plaindre. Je me dis : Tout à l'heure dans ma chambre, je serai tout seul. Une heure ou deux sans se tenir. Une heure à couver son malheur. L'arroser un peu, le câliner, cajoler sa tristesse. Enfin se faire mal.

Maman m'a pris dans ses bras devant tout le monde et j'ai cru qu'elle ne m'en voulait plus. Elle croit qu'Alban est mort à cause de moi. Mais dès qu'on s'est retrouvés seuls, tous les trois sur un autre banc, elle m'a regardé comme si je la dégoûtais.

Le soir, je suis allé dans sa chambre pour parler un peu, mais elle n'a pas voulu et, en partant, j'ai entendu qu'elle murmurait que la voyante l'avait bien prévenue. Vraiment, elle est tarée.

Franck

J'AI mis du parfum et du gel dans les cheveux. Dans le café prévu, je fais un tour et merde, il y a personne, alors je m'assois. Ça fait chier d'attendre, je fais craquer mes doigts, je tape sur la table avec les ongles, ensuite je commande un café au bar en jetant des coups d'œil un peu partout, et la serveuse me dit : « Je vous l'apporte, monsieur », alors je retourne à ma place. Putain, c'est cher ! Deux euros le café. Mais je dis rien, je veux pas me faire remarquer, ça ferait pas très à l'aise. Ensuite elle arrive, parce qu'il faut qu'on s'explique. Il faut vraiment là. Hier, elle est venue me voir très vite au tabac, je m'attendais pas spécialement à la croiser après ce qui s'était passé. Elle a dit :

– Demain matin, vers onze heures, vous êtes libre ?

– Ça dépend, j'ai dit. Et toi, t'es libre ?

Du coup, on est là tous les deux face à face. Comme j'ai pris la banquette, il lui reste une chaise. Elle dit :

– Attends, tu veux pas qu'on s'assoie côte à côte plutôt ?

Je suis pas d'accord, pourquoi on devrait s'asseoir l'un à côté de l'autre, c'est pas comme ça que ça se fait, tu vois, c'est mieux d'être en face. Du coup, je suis un peu méfiant. Elle veut savoir si ça va. Selon elle, on pourrait peut-être apprendre à mieux se connaître. Je suis d'accord, mais quoi alors ? Qu'est-ce qu'elle veut savoir ? Elle bafouille :

– C'est pas comme ça, ce n'est pas ce que je veux dire... Je n'ai pas une question en particulier, je veux juste savoir...

Elle veut juste savoir quoi ? Je m'énerve et j'avance les coudes sur la table pour lui parler de près :

– Tu veux savoir quoi ? Les études que j'ai fait, c'est ça ? La profession du père ?

Et là, je me remets au fond de la banquette, je fais trembler la table avec mon pied. Après, elle me dit qu'elle m'aime bien. Elle dit :

– Je sais pas trop pourquoi, tu me fais...

Évidemment, j'comprends, vu que c'est pareil pour moi. Y a un silence un peu long, alors, pour dire quelque chose, je demande :

– T'es allée voir un film ? T'es allée au ciné cette semaine ?

Elle dit non, pas cette semaine.

– Si, on est allés voir un film de Chabrol. Avec Cyprien. C'est l'histoire d'une famille, et puis il y a un meurtre... Enfin, c'est toujours un peu la même histoire avec Chabrol... Tu trouves pas ?

Qu'est-ce qu'elle raconte, là ?

– Tu cherches à me mettre à l'aise, toi ! J'ai jamais vu de film du mec dont tu parles, pas la peine d'étaler ta science !

Apparemment, ça l'énerve, du coup je me sens un peu con. Elle se penche vers moi et dit :

– Alors vas-y ! Dis-moi ce que t'es allé voir, t'as qu'à étaler ta science aussi !

Le Seigneur des anneaux, c'est ça que je suis allé voir. Elle dit :

– Et alors ?

– Alors quoi ?

– Alors c'était comment, *Le Seigneur des anneaux* ?

Je réfléchis une seconde avant de répondre : « Pas mal. » Et puis, j'attends encore un peu et j'explique que cet épisode est mieux que le premier.

– À cause de... Voilà, parce que y a plus de scènes d'action. Enfin, à la fin, dans le château assiégé, c'est super bien filmé, donc t'es à fond dedans.

– Je suis d'accord

– D'accord sur quoi ?

– Sur la scène du gouffre de Helm. Quand ils se replient mais qu'ils sont coincés.

– Ah ouais, je dis, tu l'as vu ?

– En DVD.

– Ah ouais. Cool. C'est ton fils qui en a un, de DVD ?

– Oui. Enfin non, c'est nous deux. Pourquoi ?

– Comme ça, juste... C'est classe, les DVD, je vais peut-être m'acheter un lecteur de DVD bientôt... Parce que déjà, avec mon oncle, on a acheté une télé 16/9ᵉ. T'as une télé 16/9ᵉ ?

– Non, à vrai dire, je trouve que ça prend trop de place dans ma chambre.

– Ah ouais... ben, faut la mettre dans le salon. T'as quoi comme télé dans le salon ?

– En fait, on ne veut pas de télé dans le salon.

Moi, je trouve que c'est plus pratique une télé dans le salon. Un moment, je me dis qu'elle est radine. Faut être radin pour pas vouloir deux télés quand on a du pognon comme elle. Je me dis ça, mais ça me fait chier de me le dire. Elle est superbe. Vraiment, je la regarde... J'me dis Franck, t'es qu'un con. Si ça se trouve, c'est juste qu'elle aime pas la télé. Dans ce cas-là, c'est normal de pas s'en acheter plusieurs, juste une, ça suffit pour son môme. Pour être sûr, je pose la question :

– T'aimes pas la télé ? Tu mates jamais des trucs à la télé ?

Elle me dit que si, elle aime bien regarder parfois. C'est juste qu'elle a pas trop le temps, elle travaille chez elle. Elle est graphiste. Là, elle sort une carte de son sac à main et me la montre. C'est ce genre de trucs-là qu'elle fait. Elle dit :

– Et toi, tu gagnes plus avec ton boulot au bureau de tabac ou en vendant de la coke ?

Est-ce qu'elle m'agresse, là ? Non, je crois pas, elle sourit. Alors, je lui explique le truc, elle pose des questions toutes bêtes, comment je me fais des clients, depuis quand je fais ça, ce que je risque si je me fais choper... C'est pas très intéressant mais elle écoute, j'espère que c'est pas une faux cul. Je parle un peu moins fort :

– Je peux t'en amener, de la coke, une fois, si tu veux, ou d'autres trucs. Tu voudrais quoi ?

Elle voudrait rien mais elle me remercie en riant. Putain, pourquoi elle rigole ? Elle se fout de ma gueule, c'est ça ? Très calmement, je lui dis :

– Tu te fous de ma gueule, hein ? C'est pas classe d'amener de la coke à une femme ? C'est mieux d'amener des fleurs ?

Là, je vais pour m'en aller, mais elle me retient par la manche.

– Écoute, je dis, écoute bien, je suis pas là pour te faire marrer. Je suis pas ton ours ou j'sais pas quoi.

Maintenant, elle me tient par la main, alors je me rassois. On l'ouvre pas tous les deux, elle fait tourner sa cuillère dans le café en regardant le résultat, et moi je suis en train d'exploser un sachet de sucre. Finalement elle l'ouvre. Mais je veux pas dire ça, elle parle. C'est pas une femme qui l'ouvre, je suis salaud avec elle, elle se la pète pas comme les autres, ni non plus c'est pas une petite chaude ou une prude comme les autres. Elle dit qu'elle sait pas trop, elle fait pas ça d'habitude, d'aborder les gens comme ça. C'est bizarre, elle dit, au début elle m'aimait bien, juste bien, elle avait envie de me revoir, comme ça.

Elle se posait plein de questions sur mon âge et tout, enfin c'est bon, j'ai dit, je suis pas un gamin. Là, elle m'a regardé : y avait le truc que je connaissais son fils, que j'étais quand même plus proche du monde de son fils que du sien.

– Enfin, c'est pas ce que je veux dire, tu m'en veux pas ? Mais c'est déroutant, c'est tout. En plus, a priori, on a rien à faire ensemble, tous les deux, a priori seulement parce qu'après, je sais pas... Je sais pas où ça peut nous conduire, sûrement nulle part, mais je voudrais juste, enfin si tu veux, qu'on puisse se voir parfois et...

– Quoi ?

– Quoi quoi ?

– Ben, et quoi ? T'allais dire un truc.

Elle dit que c'est à moi de parler cette fois. Je pense : Il faut que tu te lâches, Franck, et à ce moment je lui dis le truc, je dis ouais, j'aimerais bien aussi, on pourrait se voir, j'sais pas moi, il faut qu'on ferme notre gueule aussi, faut pas que les gens sachent. Elle me prend la main encore et dit :

– Tu as raison, complètement raison, on va essayer ça, d'accord ? Personne ne doit savoir.

J'ai envie de demander : T'as honte, c'est ça ? mais j'ai les boules qu'elle le prenne mal. Vaut mieux en rester là.

Thomas

MON père est retourné bosser le lendemain de l'enterrement. Avant de partir, il est venu me réveiller dans ma chambre, il avait l'air tendu et un peu embarrassé. Il m'a demandé :

– Tu retourneras quand au lycée ?

J'ai pas répondu, alors il a pris une grande respiration pour dire :

– Tu es pas obligé de rester là. Personne t'oblige. Tu peux y retourner si tu veux. Je crois que ce serait mieux quand même.

Là-dessus, il a quitté ma chambre et je suis resté seul avec ma mère dans l'appartement.

Très vite, on a pris de nouvelles habitudes. On était là tous les deux mais on ne se croisait jamais. On mangeait ce qu'il y avait dans le congélateur, chacun de notre côté. La vaisselle s'entassait, et c'était papa qui faisait les courses en râlant, quand il rentrait du boulot. Mais il évitait quand même de rentrer trop tôt à l'appartement. C'est comme si je vivais à l'hôtel. Anne-Sylvie (c'est à ce moment-là que j'ai commencé à les appeler par leur prénom) dormait beaucoup, elle faisait des tas de cauchemars. Une fois, je la croise par hasard, elle mange une pizza en robe de chambre dans la cuisine. Elle dit :

– J'ai rêvé que je nageais à côté d'un pétrolier géant.

Je n'ai pas trop su quoi répondre, mais j'ai quand même demandé : « Et alors ? », pour qu'elle raconte.

Alors rien. Elle quitte la cuisine sans rien dire. Je me barre dans ma chambre pour me coller au radiateur. Derrière, j'ai caché un briquet. Je passe la flamme sur ma main pendant un long moment. Ensuite, je vais chercher un sèche-cheveux dans la salle de bains, je me fous au lit et je l'allume. C'est agréable, le vent chaud sur les pieds, les jambes et tout le reste, mais malheureusement, ça ne m'empêche pas complètement de penser. Je me dis que, cette fois-ci, je suis seul et pour de bon. Comment faire ? Je ne sais rien faire tout seul, je me trompe tout le temps, je ne fais que des conneries. J'arrête le sèche-cheveux.

Voir des gens ou rester seul ? Au début, j'ai pensé qu'il ne fallait voir personne, à cause d'Alban. Pourtant, on sonnait à la porte tous les jours en fin d'après-midi, les messages s'accumulaient sur le répondeur de mon portable. J'ai même reçu une lettre de ma tante que j'avais vue une fois. Elle parlait de spiritualité, d'une épreuve, disait qu'avec cette tragédie, j'irais au bout de moi-même. En la lisant, je me suis dit pourquoi pas. Elle a sûrement raison. Je me suis mis à croire en Dieu et à réciter des prières, du coup, je ressortais un peu pour aller à l'église. Elle parlait aussi de l'art, disait qu'il fallait en profiter pour créer, alors j'ai recommencé à dessiner des chansons. À la fin, je regardais le gribouillis, satisfait, et je me disais : Ça, c'est moi. L'église et l'art, c'est ça qui va me sauver. J'ai répondu à sa lettre, elle a répondu à ma réponse, et ainsi de suite. Elle me guidait par correspondance. J'ai compris beaucoup de choses, les préceptes, la morale, se réaliser soi-même. Parfois, elle donnait des conseils contradictoires, ce qui m'angoissait à mort et je le lui disais. Dans la lettre suivante, elle me rassurait. En général, c'est juste que j'avais pas bien compris ou qu'elle avait oublié un détail. J'ai rédigé une liste des choses à faire, de ce qui était bien ou mal. Et en l'écrivant, je sais pas pourquoi, j'ai pensé au skate. Est-ce que c'est bien de faire du skate ? J'ai tout de suite écrit à ma tante, qui a répondu que ça pouvait l'être, si ça me permettait de me dépasser physiquement. Du coup, je rentrais toujours de l'église sur la planche d'Alban, en sueur de préférence.

La sonnette continuait de me déranger en fin d'après-midi. À force, j'ai fini par capter que les horaires correspondaient à peu près à mon emploi du temps du lycée. Un jour, j'en ai eu la confirmation en tombant sur Cyprien dans l'escalier, alors que j'allais prier. Je lui ai dit de revenir la semaine suivante, et, entre-temps, j'ai écrit à ma tante. Je lui ai expliqué le problème, ce qu'Alban m'avait dit à propos de Cyprien, pour savoir si je pouvais le revoir. Il n'était pas vraiment artiste mais on avait été amis et je devais peut-être lui pardonner. Elle était d'accord avec moi, à condition qu'il ait quelque chose à m'apporter du point de vue intellectuel, et comme Cyprien est loin d'être bête, on s'est revus la semaine suivante, chez moi. Il a été très gentil, on s'est retrouvés comme avant. Je lui ai expliqué certaines choses qu'il n'avait pas bien comprises à propos de la vie. Il a roulé un joint, ce que j'ai trouvé un peu gamin, m'en a proposé mais j'ai refusé sans hésiter.

Après son départ, je me suis couché tôt. Réveillé vers dix ou onze heures, j'ai commencé à compter les voitures, pour passer le temps. Je me suis mis à la fenêtre sans ouvrir les volets et j'ai écouté les talons d'une femme, puis un groupe de gens qui rigolaient, ils parlaient d'une soirée ou d'un autre truc à la con. Je me suis trouvé bien à cette fenêtre, assis sur le rebord et les pieds posés sur le radiateur.

Du coup, j'ai décidé de mettre chaque nuit mon réveil à une heure différente pour écouter de nouveaux bruits. Vers deux ou trois heures, on peut compter plusieurs secondes de plein silence. À cinq heures, les voisins du dessus se réveillent. L'homme, un vieux que je croise parfois dans l'escalier, va à la cuisine et apporte le petit déj' à sa femme. Ensuite, il discutent un peu. Je m'allonge sur le lit pour écouter plus à mon aise. Puis le lendemain, vingt-trois heures, une couleur plus jaune d'ampoules électriques.

Ça rigole encore chez les voisins de palier. Parfois, il y a un fond de musique.

Au début, je trouvais ça juste distrayant, mais au fur et à mesure je suis devenu vraiment spécialiste et je n'ai plus voulu faire autre chose de mes journées que d'écouter. J'entendais même la télé éteinte et les feux rouges.

J'ai collé mon oreille à différents objets. Le bruit du bois est chaud et un peu râpeux. Le plastique est assez calme. J'écoute les tapis, les planchers. Les vitres sont carrément bavardes, le problème c'est que quand je décolle mon oreille, mon profil reste imprimé en gras. Les jours suivants, je me suis mis à tester les rideaux, sourds, les livres à couverture plastique, carton ou papier recyclé, muets la plupart du temps, le miroir du cabinet de toilette et une demi-douzaine de stylos. Par le marbre froid de la cheminée, on entendait tomber de petites avalanches de charbon dans le conduit. Un oiseau, une fois, s'est laissé piéger dans le boyau et s'est cogné toute la nuit.

Ensuite, je me suis écouté moi-même. C'est sans doute ce que voulait dire ma tante, se connaître soi-même. Le cœur et le souffle, c'est facile, mais on entend que ça, ça cache le bruit des pieds et du reste du corps, et puis les vêtements font trop d'interférences, sans compter le lit, les ressorts ou les couvertures. J'ai décidé de me déshabiller et de m'asseoir par terre. De là, le centre de la pièce, j'arrivais bien à isoler les sons de tous mes membres et même celui des meubles et d'autres objets. Les deux veines dans les oreilles font vraiment trop de bordel, c'est un problème. Les fibres, plus ou moins épaisses, laissent passer les bruits sans en transmettre de nouveaux, c'est ce que j'ai remarqué. Par exemple, quand on pose une chemise sur une table, elle se met à bourdonner comme du bois. À la fenêtre, ça ronronne comme du verre et ça siffle contre la prise de courant. La laine épaisse, elle, vrombit toujours, où que ce soit. Mais ces habits, je les connaissais trop, je les avais trop portés.

Un après-midi, Anne-Sylvie n'était pas là pour une fois, et je suis allé dans le grand placard de la chambre pour écouter ses vêtements soupirer, la soie soufflait comme un serpent. Plutôt les boules. Quand elle s'est rendu compte que ses chemisiers étaient froissés, mal repliés, elle ne m'a pas fait de remarque, mais elle a tout foutu à la poubelle.

Cyprien

MA vie prend une drôle de tournure, mais je ne ris pas beaucoup. C'est de la faute de Thomas. Il est devenu mystique depuis la mort de son frère. Alban, je le connaissais à peine. Mais les quelques fois où je l'ai croisé m'ont suffi à le classer dans le mauvais tiroir, celui où je range aussi les lycéennes trop maquillées et la plupart des gens en scooter. Je dis ça mais... Un jour, il faudra définir mon côté à moi, voir ce qu'on y trouve exactement.

Pourtant, la nouvelle m'a scotché, assommé, Alban est vraiment mort, tout le monde le dit, Alban Kertel est mort. J'ai dû me forcer à y croire, à cause de ce que ça impliquait pour Thomas. Dans le même temps, je n'arrivais pas à chasser une autre idée, un peu gênante, mais qui nous rapprochait tous les deux : un frère qui meurt, c'est comme un père disparu. Je ne voulais pas faire cette comparaison. Je n'en avais pas envie et puis je la trouvais sale. Mais comment ne pas y penser ? Je connaissais bien cette douleur et, franchement, je ne la souhaitais pas à Thomas. Mais dans le même temps, et si... et si j'étais seul à pouvoir le comprendre ? Et s'il avait besoin de moi ? Et si c'était le destin ? Oui, le destin. Énervé, à moitié coupable, j'ai traîné cette angoisse pendant un ou deux jours. Ma mère l'a senti et on en a parlé au restaurant l'autre soir. De ça et d'autres choses un peu graves. Moi surtout. Elle m'a écouté mais, je ne sais pas pourquoi, il m'a semblé que j'aurais dû poser plus de questions.

Je n'aimais pas trop Alban, ce qui ne m'empêche pas de le regretter. Pour moi, c'était un branleur avant tout, mais c'était aussi une figure. Sans lui, ce ne sera plus pareil au Troca. Vraiment, c'est une sale période. Trop de choses à faire, trop de choses à dire, à expliquer, tout comprendre et tout digérer quand parfois c'est indigérable. Ma faiblesse, ma pente, m'entraînait dans l'avenue d'Auteuil et me faisait remonter, grâce à l'élan, jusque sur le palier de Thomas. J'y suis allé tous les jours, on ne m'a jamais ouvert. Moi aussi je dois être mystique d'une certaine manière, je faisais chaque jour un petit pèlerinage. Au retour, je m'arrêtais au tabac pour voir Franck, on prenait un café tous les deux, c'est vraiment un type bien. Hier, assis au Jardin des Plantes sur une rambarde en pierre de taille, je me suis dit cette chose étrange. Je me suis dit que, finalement, et comme je ne voyais plus beaucoup Thomas, Franck était peut-être mon meilleur ami. J'ai trouvé ça drôle et un peu glacé.

Puis, un jour, j'ai croisé Tom dans l'escalier de chez lui et j'ai halluciné : il se rendait à l'église. On s'est rappelés quelques jours plus tard et j'y suis retourné la semaine suivante. Dans sa chambre, j'étais heureux de découvrir sa chambre. Je ne l'avais pas imaginée tout à fait comme ça, mais j'y ai retrouvé des histoires et un caractère. Il faut dire que c'était le bordel. Il avait rapatrié toutes les affaires de son frère, tous les papiers, tous les vêtements, jusqu'aux affiches, qu'il avait dû décoller et punaiser à son mur. Comme la pièce était déjà bien pleine, on ne pouvait presque plus entrer, et je n'ai compris qu'assez tard qu'il y avait un lit derrière ce gros jeu de Badaboum. Cela donnait : une commode à droite de la porte ; en l'ouvrant, on se retrouvait propulsé dans les meilleures vignettes des albums de Gaston Lagaffe, celles où le chef se prend une demi-tonne d'inventions sur la gueule. Au-dessus, les planches d'une étagère démontée. Au-dessus encore et qui montaient presque jusqu'au plafond les soixante-douze BD d'Alban. Par terre, quatre ou cinq piles de CD, des disquettes, à droite encore l'enceinte numéro un de la chaîne hi-fi numéro deux (celle d'Alban donc, je considère encore que Thomas se rend compte que c'est avant tout sa chambre). Chaîne hi-fi deux, donc. Dessus, la radiocassette de Tom. Bon. Également à même le sol, cinq petits satellites et un caisson de basse repeint par Alban, qui voulait faire de son home vidéo une œuvre d'art contemporain. Je dis :

– Tu vas pas les brancher, les enceintes ?

– Pas question, répond-il, elles sont pas à moi.

Devant la commode, encore des planches et une sorte de psyché. Sous la fenêtre, je remarque un carton plein de tissus, les rideaux d'Alban et son couvre-lit. Je ne demande pas s'il va les suspendre pour remplacer ses deux stores pourris. Ensuite (rotation à 90 degrés environ), on retombe sur le jeu de Badaboum géant, celui (*Ndl'A* pour les plus vieux d'entre nous) où il faut empiler des pièces en bois de formes différentes sans les faire tomber. Sauf qu'à la place des pièces en bois, il y a un aquarium vide avec une télé et un magnétoscope à l'intérieur, plus des bouquins. Sur l'aquarium, deux chaises emboîtées l'une dans l'autre, des jeux de société et une planche de skate. Dans un coin de la pièce, une Playstation 2 et les haltères d'Alban. Quand on connaît Thomas, c'est assez drôle de voir ça dans sa chambre. Il y a aussi un PC. Il est posé sur un petit meuble qui sert de marchepied pour monter sur la table, de là on peut ensuite sauter sur le lit. Le Badaboum a même un chapeau en la présence d'une lampe d'architecte.

Tom m'a raconté comment ça s'était passé. L'enterrement. Mais la plupart de ce qu'il m'a dit, je le savais déjà, j'étais dans les parages ce jour-là. C'est vrai que je n'étais pas fier, sur le moment j'ai même eu l'impression d'espionner. Pour être honnête, c'était quand même de l'espionnage. Comme je ne voulais pas aller à l'église, je me suis tenu à l'écart, mais j'avais envie d'être présent, même de loin. Ça s'est passé de la manière suivante : tout seul chez moi, je tombe, dans un journal, sur le faire-part qui précisait l'horaire de la cérémonie. C'était le jour même. Pendant deux ou trois minutes, ça m'a vraiment bousculé, et puis j'ai décidé d'y aller, simplement pour voir Thomas, j'en avais envie et besoin. D'assez loin, j'ai regardé la famille entrer dans l'église et j'ai attendu dehors. Ensuite, je les ai suivis au cimetière, et quand tout le monde est parti, je suis passé devant la tombe avant de rentrer chez moi. Ce soir-là, on a eu une nouvelle conversation avec ma mère. J'avais senti qu'elle voulait me dire quelque chose, et comme moi aussi, ça tombait bien. Je la résume en trois phrases :

ELLE : Tu as une petite amie ?

MOI : Non, mais j'aime bien Thomas. Et toi ?

ELLE : Je ne sais pas. J'aimerais bien savoir.

Tout le reste du temps, il continuait de ne rien se passer. Le lycée ronronnait. Astrid sortait avec Romain depuis un mois à peu près, ils se bouffaient la langue à la cantine, des épinards entre les dents, puis à la machine à café, puis dehors dans la rue, puis aux chiottes, puis, puis, puis. Ça me dégoûtait plutôt. Une fois, il y a du soleil mais il fait froid, je reste discuter avec eux devant la porte et on en vient à Thomas. Je note au passage que c'est assez drôle de penser beaucoup à quelqu'un ou à quelque chose sans jamais pouvoir en parler. Car au moment où les autres l'évoquent, on est plus gêné qu'autre chose. Romain avait un petit sourire en coin, la discussion l'amusait. Astrid, toujours aussi stupide, a fini par demander : « Mais, au fait ! Pourquoi il vient plus, Tom ? », comme si elle venait de se souvenir d'une course à faire. Je m'apprêtais à dire que son frère était mort, ce qui est une raison validée par le règlement intérieur, mais Romain a pris les devants. Avec sa fausse mine de gangster ridicule, il a dit :

– Je nous en ai débarrassés.

Je n'ai pas très bien compris ce qu'il voulait dire par là, mais ça m'a évité de poursuivre. Il ne devait pas être au courant pour Alban. En rentrant, ma mère a allumé la radio, il y avait de la musique sur France Musiques. C'était chiant et symphonique. Le type a signalé que le concert avait été enregistré tel jour à telle heure. Je me suis demandé ce que je faisais ce jour-là. Et puis je me suis rappelé que j'avais fumé et que j'étais allé aux Halles, et qu'ensuite on avait vu un film de Chabrol. J'avais rien pu suivre, je pensais à autre chose.

Anne-Sylvie

Je n'arrête pas de rêver de la mer. C'est toujours pareil, vraiment, c'est angoissant, je suis à deux cents mètres des côtes, je nage, au début je ne me rends pas compte. Et puis il a des vagues, de plus en plus de remous, des creux... Tout à coup j'entends une sirène. C'est horrible. Je regarde vers le haut, ce qui est déjà une prouesse en soi à cause des vagues qui m'aveuglent, je n'arrête pas de boire la tasse, j'ai du sel plein la bouche, et du mazout, y a rien de plus écœurant que de boire du mazout. Donc je regarde vers le haut parce que je sens bien une présence, et vois ce truc immense qui avance très doucement, sonne la corne de brume. Je suis juste à un mètre du pétrolier, ou du supertanker, ou du porte-conteneurs, impossible à savoir de là où je me situe. Le pire, ce sont les vagues qui me jettent contre la coque. Juste au-dessus de la ligne de flottaison, il y a des algues collées aux parois, gluantes et visqueuses, ça s'emmêle dans mes cheveux, ça m'attrape et je suis tirée par le bateau. Alors dans mon rêve, je me coupe les cheveux et je suis emportée vers le fond.

Un matin, je me lève comme ça, tout en sueur, et je vais à la cuisine pour me passer de l'eau sur le visage. Évidemment, il y a déjà Thomas. C'est un mercredi et quand je franchis la porte, la sirène de la ville se met à sonner, comme tous les premiers mercredis du mois, ce qui fait que je crois devenir folle. Je raconte succinctement mon rêve à Thomas en me disant que son père, c'est un garagiste immonde, que ce n'est qu'un sale fils de garagiste.

Juste après, je me sens mal. Il faut que je réagisse, il faut que je réagisse, allons, allons, tu es plus forte que ça, Anne-Sylvie, tu vas te reprendre, n'est-ce pas ? Moi, je ne suis pas du genre à me laisser abattre, alors je décroche mon téléphone pour entendre au bout du fil la chaude voix de mon dir-fin.

– Allô mon amour ? Je te dérange ?

– Non, tu ne me déranges pas. Enfin si, tu me déranges, appelle plus tard, tu veux bien ?

Je rappelle plus tard et tombe sur sa secrétaire, il est en rendez-vous. Elle me dit qu'il peut me voir dans l'après-midi, au Méridien Montparnasse. Je suis heureuse. Bon, je pleure aussi en même temps, mais ça c'est normal, c'est à cause de Thomas. Alban. Je repense à Alban mais pas longtemps, c'est trop... Il ne faut pas que j'y pense, c'est tout. Point barre. Basta. *Hop, hop, hop,* je vais voir mon chéri, mon chéri, mon dir-fin, voilà ce qu'il faut que je me dise.

À seize heures, je suis au Méridien. Il arrive un quart d'heure après, il est tout sourire.

Dans l'ascenseur, je commence à l'embrasser, je veux qu'il me prenne dans ses bras, qu'il me console, mais il trouve que ce n'est pas très sérieux et que quelqu'un pourrait nous voir. C'est vrai qu'il y a toujours des caméras dans les ascenseurs. Dans les chambres, par contre, il n'y en a pas. Il enlève son pantalon et son slip, et il me fait l'amour en chemise. Il est splendide. Je lui dis des mots d'amour. À la fin, on n'est même pas complètement déshabillés, et je me jette à l'eau. Non, disons plutôt que je me lance. On a encore jamais parlé vraiment tous les deux, mais je ne veux pas lui raconter que mon fils est mort, mon fils unique, mon préféré, je ne veux pas lui infliger ça et puis je ne veux pas y penser. Je lui prends la main pendant qu'il se rhabille, c'est une main assez forte.

– Tu fais du sport mon amour ? Tu dois faire du tennis pour avoir ces poignets-là ?

Mon amour dit qu'il fait du squash de temps à autre, d'ailleurs, il a un match dans une demi-heure, mais je ne peux pas l'accompagner. Et là je lui dis, j'ai un peu de mal à le dire (les premières fois, c'est toujours assez dur), mais finalement, moins que je ne l'aurais cru, je lui dis que je l'aime. Ça sonne bizarre, ça fait cliché, mais je suis contente, presque heureuse. Tandis que lui...

Alors voilà. Il tire une tête de guitare.

– Mais, mon amour, qu'est-ce qu'il y a ?

Il y a, voilà ce qu'il dit, il y a que je ne vais pas commencer avec mes conneries. Il est marié, je sais ? Je sais ça ? Vraiment, je suis irresponsable. Je lui demande : il ne m'aime donc pas ? Mais si, il m'aime, c'est bon, il m'aime, mais il ne veut rien me promettre, je comprends ? Parce que sinon, je serais déçue, je vois ? Allez, j'ai raison, il est un peu dur avec moi. Tant pis, il va arriver en retard à son match.

Quand il part, je reste. Pendant deux heures dans la chambre, je ne fais que penser à Alban. Et puis Thomas, il faudrait le soigner, celui-là. C'est un malade mental. Ma-la-de-men-tal. Espérons que ce n'est pas génétique à cause de son père. Un vrai dingue, et dangereux. Il lui faudrait une bonne psychanalyse, mais l'ennui, c'est que les psychanalystes sont des charlatans. Le mieux serait encore que je la lui fasse moi-même.

Thomas

Sur mon carnet : deux mois, trois cents diagrammes, ces œuvres d'art. Ras le bol. J'ai vu une émission de télé sur le monde de la nuit à Paris, c'était bien. Ça donnait pas vraiment envie mais à force je me suis dit pourquoi pas. Machinalement, j'allume la radio et je cherche une station cool. Je la trouve. Le problème, c'est que la musique est chiante. C'est pareil sur toutes les radios cool que je connais. Du coup, je donne un coup de pied dans le tuner, l'aiguille se fixe au hasard sur une émission, le flash de vingt heures, et un type prend la parole. Il parle comme un curé, une petite voix douce qui me saoule très vite, mais je me suis allongé sur mon lit et je n'ai pas envie de bouger pour changer. Je pue, faudrait que je me lave. Et que je change de fringues aussi. Suit un concert symphonique pas mal, vraiment bien même, qui me rappelle deux ou trois trucs, et pour cause : j'y étais à ce concert. On entend des gens qui toussent dans la salle, si ça se trouve, c'est la fille. Enfin non, elle était pas enrhumée, si je me souviens bien.

Le concert dure une heure. À la fin, je me fais un bol de céréales que je mange debout devant la fenêtre de la cuisine. Je repense distraitement au reportage de tout à l'heure. En même temps, je regarde bouger cette silhouette noire, la mienne, projetée sur le mur de la cour au milieu d'un carré de lumière par l'halogène derrière moi. Je pense à la nuit. Au monde de la nuit. Une fois ou deux, en vacances, je suis allé à une soirée « Mousse » avec Alban, mais c'est à peu près tout. En fait, je ne connais rien de tout ça. Je sais qu'Alban allait dans ces bars.

Tout d'un coup, je m'énerve : qu'est-ce que je fous ici ? Pourquoi je reste chez moi toutes les nuits à écouter des bruits débiles ? Comme si ça allait faire de moi quelqu'un de génial ! Un con, oui ! Un demeuré ! Je vais devenir un naze à rester tout le temps chez moi ! Je vais encore tout louper ! Dans le reportage, ils donnaient le nom de certains endroits, alors je repose le bol sur la table et je quitte l'appartement.

Je vais d'abord à Bastille, au comptoir d'un truc branché. Ils sont tous ultra classe. À ma deuxième bière, je suis résolu à me décolorer les cheveux et à mettre plus de gel. Quand même, je ne suis pas très à l'aise et on me regarde bizarrement. J'me casse. C'était quoi la musique dans le bar ? Je reviens voir le barman, j'attends au moins dix minutes tellement il y a de monde, et je lui demande ce qu'il passe. En réponse, j'entends une sorte de mot, un truc allemand, ou russe, ou polonais, ou slave, ça doit être de la techno slave.

Du coup, je reprends le métro pour aller à La Loco en maudissant le barman. Alban parlait souvent de cette boîte, et je la trouve sans trop de problème. Très vite, je me rends compte qu'il est un peu tôt, ce n'est même pas encore ouvert. Le portier me dit de revenir dans une heure et que ce sera une soirée « Phantasm », avec open-bar jusqu'à minuit ou j'sais pas quoi. Je fais un tour dans le coin, un type m'aborde. Il dit qu'il va au Rex et me propose de l'accompagner, alors je réponds pourquoi pas. C'est un mec d'une trentaine d'années, plutôt gentil, je regarde comment il est sapé sans arriver à me dire si c'est bien ou mal. Mais comme il va au Rex et que c'est un des clubs cités dans le reportage, je me dis qu'il doit être bien habillé. On discute sur le chemin, je fais des blagues mais il rigole un peu trop, à la réflexion. Enfin, sur le moment, ça m'aide plutôt à me sentir à l'aise. Je ne me repère pas trop, je ne viens jamais par ici. Mais j'ai l'impression qu'on marche longtemps. À un moment, je finis par dire :

– T'es sûr que c'est le bon chemin ?

– C'est pas le plus court, mais il faut d'abord que je passe à une autre soirée, si ça te dérange pas.

Pour tout dire, ça me dérange, mais je prends sur moi.

– OK, c'est cool.

On arrive. Il y a pas mal de monde mais ce n'est que le début, la porte d'entrée n'arrête pas de s'ouvrir pour faire entrer de nouvelles têtes. Des lustres en fer sont accrochés au plafond et, sur les murs, les chandeliers électriques sont entourés de guirlandes. Le mec me présente à pas mal de gens et me propose une bière. Une fille arrive.

– Tu vois, dit le type, Laure a ton âge, enfin peut-être un peu plus. T'as quel âge, toi ?

Je mens, dis que j'ai dix-huit ans, ce qui fait rire quelques personnes.

– Bon, dit-il, tu vois, Laure en a vingt. C'est ça, Laure ?

La fille n'arrête pas de sourire, elle me prend par les épaules et on continue à discuter. Je commence à comprendre ce qui m'attend avec Laure. On s'embrasse. Je pense qu'elle n'est pas trop mal, mais pas géniale non plus. C'est ce que je peux trouver de mieux, avec la tête que j'ai. Je lui dis en hurlant pour qu'elle m'entende :

– Avant, j'avais la gueule de travers !

Elle fait oui de la tête en souriant. On continue à boire des bières sans rien se dire. Le mec qui m'a amené ici passe me voir de temps en temps.

– Tu t'amuses, petit ?

Il fait l'aller-retour avec une pièce qui doit être un baisodrome. Comme Laure parle très peu et que c'est un peu gênant, je sors le premier truc qui me passe par la tête :

– Il y a quoi dans cette chambre ?

Et je lui montre la porte du doigt. Tout d'un coup, elle se réveille.

– Tu veux y aller ? dit-elle avec un accent (mais lequel ?).

Du coup, on entre, il y a trois couples. On se met dans un coin et pour la première fois de ma vie, je couche avec une fille.

Coucher avec une fille. Comment ? Déjà, comment on embrasse bien ? J'étouffe quand je l'embrasse. Je soulève son T-shirt, ça la fait sursauter. Elle a des seins vraiment très lourds et des mamelons aussi très gros. Elle prend ma main qu'elle pose sur son sein et là, quelqu'un éteint la lumière dans la pièce, ce qui fait que je me sens mieux, je peux enlever mon pantalon. Elle enlève aussi sa jupe mais ça prend assez longtemps, je me trouve con pendant ce temps-là. Quand elle a fini, on s'embrasse encore, puis elle demande un préservatif, mais j'en ai pas, alors elle se rhabille vite en me disant de rester où je suis. Je me cache sous un drap pendant qu'elle se faufile dehors. À côté, il y a un couple qui a fini et l'autre qui fait encore l'amour, mais presque en silence. J'entends juste qu'ils s'embrassent et, heureusement, on ne peut rien voir. La porte s'ouvre encore et Laure revient, mais je ne suis plus excité du tout, alors elle me caresse, me chatouille avec ses cheveux, j'aimerais partir mais c'est trop tard et je suis de moins en moins excité, j'ai presque les larmes aux yeux jusqu'au moment où mon attention est captée, attirée, je suis complètement pétrifié tandis qu'elle m'embrasse là où on devine, je n'ai jamais senti un truc pareil. Du coup, elle peut me mettre le préservatif. Je me retourne sur le ventre, sur elle, et il faut qu'elle m'aide, la honte. En plus, ça ne dure que dix secondes. Mais dix secondes... Je découvre le truc le plus mortel de ma vie. Enfin je crois.

Le lendemain, je suis resté au lit sans bouger, les bras le long du corps. Je ne me suis levé que deux fois. Une pour aller aux toilettes et l'autre pour me faire un thé que je n'ai pas bu, je voulais juste entendre siffler la bouilloire, mettre un sachet dans la tasse, le tout très lentement, ajouter du sucre et tourner avec une cuillère. Comme j'avais somnolé toute la journée, je n'ai pas dormi de la nuit, et mon cycle de sommeil a commencé à se décaler. Du coup, le soir, je suis ressorti dans des bars. Il ne s'est rien passé cette deuxième fois et ça m'a un peu étonné. Je n'ai rencontré personne, je suis resté seul pendant au moins trois heures. J'ai même essayé de danser mais pas moyen. Alors, en y retournant encore le lendemain, j'ai pensé qu'il fallait aborder les gens, leur parler, c'était ça qu'il fallait faire. Mais rien. Je me faisais ignorer ou carrément jeter. Ça a duré comme ça au moins dix jours avant que je me décide à espacer mes sorties, tellement j'en avais marre. Une fois, je me faisais tellement chier que j'ai passé deux heures à tenter de retrouver l'appart de la dernière fois, et quand j'ai fini par tomber dessus, il n'y avait personne.

N'empêche que j'étais bourré tous les soirs. Du coup, ça me rendait un peu agressif avec les passants et les clubbers. Une fois même, je manque de me faire tabasser, ça me calme. Je me planque dans un coin de la boîte pour réfléchir. Et plus je réfléchis, plus je me dis que je suis sur une mauvaise voie. Je vais devenir un drogué, une loque, je vais mourir du Sida. Putain, je me suis fait dépuceler par une fille que je connaissais même pas ! Et puis j'ai complètement arrêté la prière. Comme à chaque fois dans ces moments-là, j'ai repensé à Alban, et j'étais encore plus mal. Lui, il savait faire tout ça, mais moi, je me rends compte que je deviens complètement borderline, limite psychopathe, schizo ou je sais pas quoi.

Anne-Sylvie est aussi de cet avis. Un jour elle vient me voir et dit :

– Le docteur t'attend dans son bureau.

Dans sa chambre, elle a mis un gros fauteuil près de son lit. Avec la main, elle me fait signe de m'allonger en disant : « Bonjour, jeune homme. Qu'avez-vous à me dire ? » C'était complètement débile. D'un autre côté, si je partais, c'était la guerre nucléaire jusqu'à la fin de mes jours, donc j'ai décidé de jouer le jeu. Je me suis allongé et j'ai commencé à raconter des choses insignifiantes comme mon opinion sur la guerre ou la politique. Mais le docteur s'ennuyait et m'a recadré assez vite :

– Comment imaginez-vous votre père, jeune homme ?

C'est bien ce que je pensais, elle a viré débile, mieux vaut ne pas la contrarier. Alors je pars dans un délire :

– Mon père vit en Espagne, il ne se déplace qu'à moto. Il a une maison dans un bled au milieu des vignes. Quand j'étais plus petit, il la retapait pour moi et mon frère. C'est une maison avec des murs très blancs, qui est très sombre à l'intérieur. Il y a toujours un peu de bruit dans ce village, des tracteurs, des gamins ou des vieux au café. Après le déjeuner seulement, on peut entendre le vent pendant une heure ou deux. Mon père fait tous les jours la sieste. Et il est pieds nus la plupart du temps. Comme mon frère...

Elle note sur son cahier tout ce que je raconte. Je remarque qu'elle a une nouvelle petite mèche blanche. Ça lui va bien.

– ... parce que j'ai aussi un frère. Un blond... En fait, avec lui je me souviens surtout du coup de la rivière, pour se baigner. Elle est toute bête, mais planquée quand même, et on peut plonger parce qu'elle est assez profonde.

Plus je racontais, plus elle s'intéressait à mon histoire. Finalement, ça devenait presque amusant. J'ai expliqué comment on faisait le vin, bien sûr c'était pas du bordeaux, plutôt de la piquette, un vin avec un goût de cidre.

– Pendant les vacances, mon père restait sur l'exploitation et je partais avec ma mère sur la côte – oh ! ma mère, une femme formidable – et on passait l'été à vendre des glaces.

Le coup des glaces a eu un succès moyen, mais je me suis rattrapé en évoquant de longues balades sur la plage avec la femme formidable, où on parlait des heures culture et société, comme dans *Les Inrocks*. Elle a dit : « *Les Inrocks* ? *Art*

Press plutôt, non ? » Bien sûr. On discutait comme dans *Art Press*.

Je parlais, je n'avais jamais autant déblatéré, et tout devenait plus crédible. Sans m'en rendre compte, je mêlais le vrai au faux, de plus en plus à l'aise. Puis on en est venus au lycée. Je lui ai raconté pour Astrid, la lettre, Serge, le bois de Boulogne, comment j'avais tabassé un mec au bois de Boulogne, puis mon frère, mort ce soir-là, électrocuté par une caténaire.

– Après, je suis retourné au lycée. Heureusement qu'il y avait Astrid, sinon, je crois que j'aurais préféré rester chez moi, même tout seul. Je serais resté à ne rien faire et ça aurait été mauvais pour ma santé mentale.

Anne-Sylvie a bien aimé le passage sur la santé mentale. Elle acquiesçait régulièrement. J'ai poursuivi :

– Et puis j'ai retrouvé Cyprien que j'avais pas revu... Enfin si, une fois, il était venu à la maison, on habitait une maison dans le 16e arrondissement, il était venu me voir. C'est tout. On avait une putain de grosse baraque énorme dans le 1-6...

J'ai vu qu'elle s'énervait à cause de ma manière de parler mais ça n'a pas duré longtemps.

– J'veux dire une grosse maison. On l'a toujours d'ailleurs. Une porte en fonte avec une grande entrée et l'escalier qui part en face. Un salon en bas, un peu sombre mais classe quand même, avec la cuisine sur le jardin...

J'ai regardé dehors, la nuit tombait, on devait parler maintenant depuis deux bonnes heures. Comme je rêvassais, Anne-Sylvie a dit qu'elle voyait très bien où se trouvait cette maison, mais qu'elle ne savait pas qui vivait là.

– Eh bien voilà ! j'ai dit. C'est chez moi !

Ensuite elle a pris une grande feuille, a noté quelques mots dessus et l'a rangée dans un tiroir en disant :

– Bien. C'est tout pour aujourd'hui. À demain.

Je suis allé chercher vingt-cinq euros dans le sac à main de ma mère et je les ai donnés au docteur. En sortant, je me sentais bien. Je me demandais : Depuis quand j'ai pas fumé de joint ? Longtemps en tous les cas. Il devait y avoir une raison, mais laquelle ? Dans ma chambre, j'ai poussé le chauffage à fond et je me suis mis sous la couette, en écartant juste assez les affaires balancées sur mon lit pour me faire une place, et j'ai dormi.

Chez Darty, ils ont des sortes de lampes halogènes rouges. C'est pas des lampes à bronzer, c'est plutôt des radiateurs d'architecte. Je demande conseil au vendeur qui m'explique que c'est pour les kinés, ça permet de réchauffer le dos pendant les massages. J'en prends une et la ramène chez moi. C'est vrai que c'est bien. En tirant les rideaux de ma chambre, je me rends compte que ça donne une belle lumière, du coup, je décide de ne plus les ouvrir et attends sous la lampe les rendez-vous avec le docteur. Je rigole. C'est quand même dingue, mais c'est marrant.

Vers quinze heures, je frappe à sa porte. J'ai eu toute la journée pour continuer mon histoire. J'ai repensé à tout ce que j'avais dit la veille, pour ne pas être incohérent. À partir de maintenant, je noterai tous les jours ce que je dis, pour ne pas me tromper. On parle encore de mon père mais, cette fois-ci, j'ai l'impression que ça passe moins bien, qu'elle n'adhère pas à mon mytho. Elle s'énerve, fait vibrer son pied et finit par me demander si je suis sûr de ce que je raconte. Comme je suis sûr, elle se lève, regarde par la fenêtre puis se retourne d'un coup :

– Vous vous plantez sur toute la ligne mon pauvre ami ! Vous ne savez pas qui est votre père.

Et elle continue, en me prouvant par a + b que je ne ressemble pas à Bernard, que les chats ne font pas des chiens et que les fils de blonds sont blonds, qu'on n'a pas les mêmes yeux, qu'il est beau, à l'inverse de moi, bref, que mon père n'est pas mon père. Je demande :

– Et c'est qui, alors ?

Elle répond :

– On travaille là-dessus. À demain, jeune homme.

Pourtant, les séances suivantes, je n'ai pas évoqué le sujet du paternel. Ou peut-être si, une fois ou deux pour faire plaisir. En revanche, j'ai monologué sur tout un tas d'autres sujets. C'est bizarre, quand on parle comme ça, on a beau se dire que c'est un jeu, on est toujours dépassé par soi-même. Je veux dire : à la fin des séances, il me faut toujours du temps pour reprendre mes esprits, me souvenir de qui je suis, de ce que je fais. Parfois, je laissais durer le plaisir et je me permettais de croire à mes mensonges. Enfin mensonges, il n'y avait pas que ça. Certains moments étaient... Je voudrais dire très intenses, mais ça fait cucu. Par exemple, parfois, j'étais tellement concentré que je n'avais qu'à décrire simplement le film qui passait sous mes yeux.

Comme une transe, toute la pièce disparaissait, j'oubliais même Anne-Sylvie derrière moi. Elle disait que je faisais d'assez gros progrès.

En dehors des séances, on continuait de ne pas se voir parce qu'on avait rien à se dire. Du coup, je trouvais agréable de la prendre pour le docteur et qu'elle me prenne pour son patient.

Bernard, quant à lui, on ne le croisait même plus, ni moi, ni elle. Anne-Sylvie s'était installée dans la chambre d'Alban, tandis que papa était resté dans la leur. De toute façon, il rentrait de plus en plus tard à l'appartement. Moi, j'étais soit en consultation, soit dans ma chambre, soit dehors. Le soir surtout, j'allais me promener dans le quartier. C'est comme ça que j'ai repéré une maison, une fois, et que je me suis imaginé que c'était celle de ma famille. Avec des choses concrètes en tête, le tableau était plus précis. Je croisais des inconnus sur les trottoirs et, en fonction de leur air, je me disais lui, c'est mon grand-père. Lui, c'est un cousin, mais je le connais pas trop, elle c'est ma copine. Pareil pour les lieux, je m'inventais des habitudes. Mais en rentrant, je passais toujours devant la chambre d'Alban, ce qui me faisait pleurer une fois sur deux. Je devrais pas le dire.

Le printemps est arrivé comme ça. Quand j'ouvrais les volets de ma fenêtre, la journée, j'étais ébloui par la lumière trop forte. Alors je les ai laissés fermés complètement. Si les gens savaient... C'est vrai que j'en ai un peu honte, je veux dire, de certaines petites choses... Comme le sèche-cheveux. Tous les jours, j'allumais le sèche-cheveux et restais sous le vent chaud pendant au moins une demi-heure ou une heure... Ça craint, mais personne ne le sait, alors. Au début, j'ai trouvé ces nouvelles manies un peu gênantes, mais au bout d'un moment, j'ai carrément plus cherché à m'en débarrasser. Il faut dire qu'il y a eu un déclencheur. Un soir, j'étais mal à cause d'Alban, je m'étais brûlé la peau en réchauffant mes mains au-dessus des feux de la gazinière. J'avais le ventre tordu. Tout d'un coup, j'ai éteint le gaz, j'ai attendu une minute dans le silence et j'ai choisi de ne plus être triste. C'est tout. Ça peut paraître impossible, mais j'ai décidé que je n'avais plus de frère, et tout est allé beaucoup mieux.

Le lendemain, après la séance chez le docteur, j'ai pris le métro, le plus loin possible du 16e, je suis allé jusqu'à Montreuil pour passer la journée là-bas, à traîner. Ce jour-là, ce devait être vers la fin d'avril ou le début de mai, je me suis senti vraiment bien pour la première fois depuis des mois, peut-être pour la première fois tout court. Il faisait très beau et j'ai aéré ma chambre en rentrant.

Anne-Sylvie avait raison, finalement. Une semaine après, tout naturellement, j'ai programmé mon réveil à sept heures, et je suis parti, sans m'en rendre compte, en cours de sciences naturelles.

Cyprien

Ce qui m'occupe en ce moment ? Ce matin encore, je regardais pensif une photo de Truman Capote par Henri Cartier-Bresson, je jouais du piano avant d'aller en cours, je traînais dans l'appartement, je ne levais pas bien les pieds, il y avait plein de souvenirs, il y avait ma mère, je regardais la télé, je l'allumais, me laissais tomber sur le canap', jouais avec la télécommande, et maintenant ! Et maintenant, tout est plus joli, plus rose, plus vert, oh ! C'est-à-dire, je suis vraiment niais, n'est-ce pas ? N'est-ce pas que je suis niais ? Ça oui, je m'en souviendrai de cet arbre, de cet endroit, je les ai bien regardés exprès, j'ai voulu fixer tout ça, c'est vrai, sur le moment, je n'aurais pas cru penser à toutes ces choses, à l'arbre, à l'église d'Auteuil sur la droite, je n'aurais pas cru penser à ça, ni faire des projets si vite et me dire, pour la première fois, il faudra faire attention, oui c'est à ça que j'ai pensé, faire attention à ne rien casser.

Thomas s'est approché d'Astrid, vraiment c'était étrange, elle était debout dans les bras de Romain, contre un pilier du préau... Est-ce que je me serais trompé, après tout ? Ou c'est lui qui s'est trompé ? Ils se sont dit bonjour en souriant tous les deux (« Ah, salut, t'es de retour ? »). J'étais un peu en retrait, je croyais voir venir une catastrophe, mais c'est tout le contraire qui est arrivé. Ils ont bavardé un peu, Astrid s'est collée un peu plus à Romain qui n'a même pas fait de réflexion à Tom.

– Tu as l'air changé, a dit Astrid. Tu t'es acheté de nouvelles fringues ?

Tom fait une mini-dissert' sur cette question fondamentale. J'hallucine. On finit par les quitter et il me demande distraitement :

– Ils sont ensemble, ces deux-là ?

Je réponds oui, un petit oui un peu méfiant, mais lui ne semble pas tiquer ni même réagir du tout. Alors à ce moment-là, parce que j'avais trop attendu, parce que c'était la première fois qu'on se revoyait vraiment (je veux dire, dans des circonstances presque normales), je prononce quelques phrases embarrassées mais sincères. Je n'ai plus rien à perdre, on marche tous les deux côte à côte. En parlant, je compte les pavés, je voudrais calculer combien il peut y en avoir dans cette cour, compter et me lancer ensuite, pas totalement, pas vraiment, mais me lancer quand même, c'est tellement inattendu ce retour. Quatre-vingt-quatre par quatre-vingt-dix ou à peu près, le compte devrait y être en gros, dans les sept mille cinq cents pavés à la louche, plus une brouette, une grande, peut-être deux, ensuite je tourne la tête, je n'ai rien dit d'extraordinaire, mais c'est quand même quelque chose, au moins ça, quelque chose, pour moi, vraiment beaucoup.

Église d'Auteuil. Cinq heures de l'après-midi. J'ai dit ce que j'avais à dire et on est sortis du lycée ensemble. On a marché en silence jusqu'à ce banc, sous les arbres en bourgeons. Mon regard s'amuse sur un vitrail mais, derrière mes yeux, rien ne réagit : c'est ce qu'on appelle un regard perdu. Je ne pense pas être vraiment triste, je suis juste mélancolique et soulagé. Fier de moi. Peut-être que j'ai fait une bêtise en avouant tout, mais de toute manière, c'est un droit qu'on prend parfois. Je ne vois pas pourquoi je n'aurais pas le droit, moi, de faire volontairement des bêtises.

Je suis en train de me dire tout ça quand Tom se met à parler. Et vous savez quoi ? C'est une déclaration. Enfin, je ne voudrais pas dire que c'est une déclaration, dire que lui et moi, c'est pareil. Pour nous, ça ne se passe pas comme ça, ça ne se passe pas normalement, je ne peux pas dire ces mots-là. On ne met pas un genou à terre, une rose entre les dents pour jouer une sérénade. Du coup, je suis simplement heureux de l'écouter, d'être certain cette fois-ci, je veux dire, de l'avoir entendu, qu'il l'ait dit, je suis certain qu'il me l'a dit, impossible de douter de ça, on tient l'un à l'autre de la même manière.

Il faut que je me calme. Je suis passé prendre ma planche de skate, c'est le soir maintenant, le soir du deuxième jour. On est restés ensemble toute la journée. Comme avant. Plus. Le soir avec ma planche, je fais des figures au Troca. Je me calme au fur et à mesure, à cause de la sueur, je réussis tout ce soir. J'appelle Tom vers vingt-deux heures mais il ne peut pas sortir. Du coup, je suis absolument déçu et reste encore à traîner dans le coin, je traverse la Seine jusqu'à la tour Eiffel et parle anglais à des Allemands, *yes indeed, les Invalides over there*. Ensuite seulement, quand je suis bien saoulé d'avoir trop regardé en l'air, quand j'ai mal au cou et la tête qui tourne, je repars chez moi.

Maman me trouve en bonne forme, je lui dis pourquoi, elle est pensive. Je n'ai pas le temps de discuter lentement, mais je ne dois pas la bousculer non plus, j'ai pas le droit et puis je ne veux pas. Ensuite, quand ça va mieux, quand j'ai tout sorti, on finit par parler d'elle et de l'autre. Qui c'est ? Elle ne peut pas me dire, je saurai plus tard. « De toute façon... » commence-t-elle. Sans finir sa phrase. C'est intriguant. Je descends une seconde de mon nuage pour considérer la situation vue du sol. Je ne serai pas jaloux. Et puis ce nouveau-là ne sera jamais un père, il ne s'agit pas de cela. Alors je lui glisse qu'elle a mon aval, qui que ce soit. Elle se ronge les ongles tandis que je retourne me percher dans l'insouciance, en m'enfonçant dans le canapé.

Anne-Sylvie

Ce matin, sur le répondeur, j'ai un message de mon amant. Je dis « amant » pour simplifier, je préfère quand c'est simple. Il voulait savoir ce que je faisais de mes journées. Ce que je fais de mes journées ? Mais un tas de choses ! Déjà, le matin, je dors. Ensuite, en général, je lis un magazine. Parfois l'après-midi, je m'allonge sur mon lit avant la séance de Thomas. Je suis très contente d'avoir eu cette idée, ça marche à la perfection. Il a une petite copine, c'est exquis. Il l'a rencontrée à un concert à la Maison de la radio. Il travaille bien à l'école, il veut exercer dans la finance, peut-être à la Bourse, mais plutôt dans une grande entreprise. Vraiment, cette thérapie lui fait un bien fou. Et puis, il faut être honnête, à moi aussi. Parfois, je le regarde pendant qu'il parle, je le fixe très précisément, ses petits yeux lisses, ses paupières transparentes, je me dis : Ça, ça doit venir de moi. Et puis, comme il grandit, il a des petites bosses qui poussent à la hauteur des sourcils. Ça promet ! Mais ça, ça ne vient pas de moi.

Il faudrait que j'appelle la femme de ménage. Et puis j'oublie, ça m'agresse, moi, de penser au ménage. Au courrier, il n'y a que des factures, mais je ne les paye pas. Je suis fatiguée, Bernard arrivera bien à signer un chèque ou deux. C'est-à-dire qu'avec Thomas, au moins, on est comme dans un drôle de cocon, on discute de nos problèmes, et puis il fait chaud dans cette pièce, c'est déjà ça. Je garde ma robe de chambre, tant pis pour les convenances, et puis on parle, on parle, on parle.

Cyprien

JE n'aime pas les généralités. Genre : *La vie s'applique à nous enlever d'une main ce qu'elle nous donne de l'autre.* Pourtant, je suis bien obligé de me rendre compte que la vie est contre le cumul : pas moyen d'être trop heureux à la fois. Et aujourd'hui surtout. Situation et explication : Beaugrenelle, je suis assis sur un muret en face de la tour où vit Franck. Il y a deux secondes, il était là, devant moi. Il ne s'est pas assis, il n'est pas resté longtemps. Je l'avais appelé sous sa fenêtre et quand il est descendu, il a dit :

– Écoute, gars, c'est plus la peine de revenir parce que j'ai plus envie de te voir.

Après quoi il remonte et je reste là, dégoûté. Surtout, je ne comprends pas ce qu'il lui prend. En parler à Tom, voir ce qu'il en pense. Je vais sonner chez lui mais personne ne m'ouvre. Coup de fil... Pas de réponse non plus. Déjà, hier, impossible de le joindre, j'ai laissé un message mais il n'a pas rappelé. Je n'ai plus qu'à retourner chez moi, ce qui n'était pas prévu du tout, il est onze heures trente du matin.

En ouvrant la porte de l'appartement, j'aperçois ma mère dans le salon. Je m'approche et remarque que ses yeux sont trois fois plus gros que d'habitude. Mais qu'est-ce que c'est que cette journée ? Elle fait comme si de rien n'était et je n'entame pas la discussion.

Tout l'après-midi, je ne glande rien, mais préfère que ce soit dehors, pour réfléchir. Ce qu'il y a avec Thomas, c'est qu'on ne sait jamais trop ce qu'il pense, comme s'il changeait de personnalité à tous les coins de rues. Je me dis, je me répète qu'on est ensemble, mais trouve ça inconvenant.

Le lendemain, je le chope à la fin des cours. Ce qu'on fait de cette journée ? Comme d'hab. On ne parle pas de ça. On marche dans la rue en laissant un mètre entre nous, on ne se frôle presque jamais. D'abord, j'étais tellement heureux, je n'ai pas fait attention, et comme je ne suis pas démonstratif... J'ai proposé d'aller voir un film dans le quartier Latin, il a dit pourquoi pas ou si tu veux, enfin je ne me souviens plus. À la fin de la séance, au Jardin des Plantes, il n'y a personne, je me permets un geste simple. Il ne bouge pas, ne fait rien de spécial. Je lui demande :

– T'es sûr ? Tu sais bien quoi… Enfin, t'es sûr, t'as pas dit ça, enfin… Parce que voilà, je te trouve…

– T'inquiète, Cyp, dit-il. Je suis trop sûr.

Thomas

JE suis arrivé en premier sur la terrasse, puis mon frère et ma mère. En se penchant sur la rambarde, on voyait papa dans les vignes, qui revenait pour le petit déjeuner. « Cool ! j'ai dit, des croissants. » À midi, je suis descendu en ville à vélo. Dans une rue pavée et en pente, je croise une fille de mon âge qui monte dans l'autre sens, vers une place en hauteur entourée de grilles vertes, mais certains barreaux manquent. Elle pousse un portail grinçant, sautille jusqu'à la rambarde d'où on voit toute la ville, se repose un moment sur les coudes avant de revenir au centre de la place. De là, elle descend les quelques marches qui mènent à une chapelle tapissée d'azulejos blancs, avec des motifs bleu plus très vif. Dans un coin, le plâtre s'est défait du mur. Elle tourne gravement dans la petite nef, regarde les statues puis sort. À l'extérieur, l'ombre a gagné un peu. Son corps se change en une silhouette dessinée par des vêtements portés près du corps et une petite jupe au-dessus du genou.

Composition IGS
Impression Bussière en juillet 2005
Éditions Albin Michel
22, rue Huyghens, 75014 Paris
www.albin-michel.fr
ISBN 2-226-16727-7
N° d'édition : 23571 – N° d'impression : 052660/4
Dépôt légal : août 2005
Imprimé en France.